La belle et le ténébreux

CLARE CONNELLY

La belle et le ténébreux

Traduction française de

SÉVERINE QUELET

AZUR

HARLEQUIN

Collection : Azur

Titre original :
CINDERELLA IN THE BILLIONAIRE'S CASTLE

HARPERCOLLINS FRANCE
83-85, boulevard Vincent-Auriol, 75646 PARIS CEDEX 13
Service Lectrices — Tél. : 01 45 82 47 47 - www.harlequin.fr
ISBN 978-2-2804-8796-2 — ISSN 0993-4448

Composé et édité par HarperCollins France.
Imprimé en juin 2023 par CPI Black Print (Barcelone)
en utilisant 100% d'électricité renouvelable.
Dépôt légal : juillet 2023.

FSC www.fsc.org
MIXTE
Papier issu de sources responsables
FSC® C159065

Pour limiter l'empreinte environnementale de ses livres, HarperCollins France s'engage à n'utiliser que du papier fabriqué à partir de bois provenant de forêts gérées durablement et de manière responsable.

Prologue

Six ans plus tôt

— Tu ne vas tout de même pas sortir, Thirio ?

Son regard brun pétillant de joie, le jeune homme esquissa un sourire charmant et espiègle, célèbre dans le monde entier et cible régulière des paparazzis.

— Et pourquoi pas ?

Avec une moue de désapprobation teintée d'inquiétude, Constantina entra dans l'immense chambre de son fils.

— Pour commencer, parce que demain c'est l'anniversaire de ton père. Nous attendons des centaines d'invités et il compte – nous comptons – sur ta présence, précisa-t-elle avec un froncement de sourcils.

— Je n'ai pas l'intention de rater les festivités, mère. Ne t'en fais pas.

Constantina s'approcha de son fils, devenu un homme, et posa sur lui un regard soucieux.

— Es-tu obligé de sortir tous les soirs ?

— Quelle importance ? rétorqua Thirio avec insolence.

— Tu gâches ta vie.

— Préférerais-tu que je lézarde au bord de la piscine toute la journée ? Que je joue au golf ? Que je navigue à bord d'un yacht sur la Méditerranée ?

— Tu pourrais venir travailler avec nous.

Un poste au sein de l'entreprise familiale avait été créé

pour lui à l'occasion de son dix-huitième anniversaire mais il était toujours vacant. Thirio Skartos, fils aîné d'une des familles les plus riches et puissantes d'Europe, n'avait nul besoin de travailler. Il avait des milliards de livres à disposition sur son fonds en fidéicommis et il comptait bien en profiter. L'hédonisme lui convenait.

— Je suis là, mère. Je suis rentré pour sa fête. Il ne faut pas abuser.

Constantina poussa un lourd soupir. Son fils ressemblait tant à son mari ! Elle retrouvait Andreas dans les traits de Thirio, sa force de caractère, sa fierté et son entêtement. Elle se détourna, pour dissimuler la peine qui se lisait sur son visage délicat, et ne vit pas l'ombre du remords qui voila un instant les yeux de son fils.

— Je ne suis pas venue me disputer, dit-elle.

— Nous ne nous disputons pas.

Le remords céda la place à un sourire éclatant.

— Thirio, tu t'égares. Comment peux-tu vivre de cette manière ? Une femme différente chaque soir, l'alcool, les fêtes ? Nous ne t'avons pas élevé ainsi !

— Vraiment ?

Sa réplique arracha un tressaillement à Constantina, qui reçut cette accusation comme un coup de poignard en plein cœur. Elle repensa à toutes ces réceptions auxquelles Andreas et elle s'étaient rendus, à leurs enfants qu'ils avaient confiés aux nounous, aux pensionnats ou à une *yiayia*, une grand-mère, pendant les vacances.

— Tu es capable d'accomplir tellement plus.

— La façon dont je mène ma vie ne te concerne pas.

— Tu te trompes, répliqua Constantina avec sévérité. Je suis concernée et je suis inquiète.

Elle regagna la porte d'une démarche à l'élégance innée.

— Je te prierai de veiller à ne pas corrompre ta sœur avec cette attitude. Elle n'a que dix-sept ans, et fort heureusement, elle semble nourrir de plus hautes aspirations que toi.

— Il ne faudrait pas que Sa Majesté Evie se décoince un peu, railla-t-il en roulant des yeux. Ça ne lui ferait pourtant pas de mal…

— Je ne te demande pas ton avis. Ne l'écarte pas du droit chemin, Thirio.

— Je suis venu pour l'anniversaire de papa. Je discuterai avec les invités, je sourirai pour les photographes, et je repartirai. Satisfaite ?

Constantina était loin d'être satisfaite. Elle aimait Thirio de tout son cœur. Tout petit déjà, il savait charmer son monde avec ses joues potelées et son grand sourire, sa détermination qui frisait l'autorité. Mais à un moment donné, il avait changé. Bien sûr, il était toujours apprécié. Adulé, même. Son physique séduisant et son intelligence naturelle en faisaient le héros des soirées mondaines, mais son charisme l'avait aussi rendu arrogant et imbu de lui-même.

« Ça lui passera », ne cessait de répéter Andreas, bien plus indulgent que Constantina envers son comportement.

— Tu es mon fils, et je t'aime, Thirio. Je t'aimerai toujours. Mais parfois, je souhaiterais pouvoir t'insuffler un peu le sens des réalités. As-tu conscience de la vie dorée et privilégiée que tu mènes ? Ne désires-tu pas accomplir quelque chose par toi-même ?

Elle secoua la tête de dépit avant de poursuivre.

— Toutes les chances sont de ton côté. Tu es brillant et intelligent. Tu pourrais changer le monde si l'envie t'en prenait.

Thirio plissa les yeux, buté.

— C'est ma vie et je la vivrai comme il me plaira.

Une pointe de colère traversa Constantina. Que Thirio gâche son potentiel lui brisait le cœur.

— Espérons qu'il te plaira très bientôt de la vivre plus sagement, alors.

Elle quitta la chambre à grands pas avant de prononcer des paroles qu'elle pourrait regretter. Aucun des deux ne se doutait qu'il s'agirait pourtant de leur dernier échange. Aucun des deux ne savait que Constantina n'aurait pas l'occasion de voir son fils reprendre sa vie en main. Sa mort serait la tragédie qui ferait s'exaucer son vœu ; une malédiction qui hanterait Thirio pendant de nombreuses années.

1.

Lors des rares occasions chaque année où Thirio devait absolument quitter le Castile di Neve, il en revenait toujours d'une humeur massacrante, tel un ours mal léché. Le monde extérieur lui déplaisait et devoir y prendre part lui pesait. Il s'en échappait, soulagé, aux commandes de son hélicoptère, et quittait la ville quelconque dans laquelle il avait été contraint de se rendre. Il pouvait alors délaisser la civilisation et survoler les forêts alpines qui faisaient la renommée de ces montagnes, pour regagner le château qu'il considérait comme son foyer depuis six ans.

Il s'éleva au-dessus de la paroi rocheuse comme un spectre fantastique surgi de sa tombe. Par temps nuageux, les tourelles semblaient flotter au-dessus des ravins qui plongeaient au nord de l'Italie. Malgré la beauté romantique des tours centenaires, Thirio se sentait une affinité avec la rudesse de leur position.

Elles non plus n'étaient pas à leur place.

Le château tout comme lui étaient deux âmes solitaires et isolées du monde. Oubliées, les grandes réceptions données par ses parents, la joie et la vie qui habitaient ces lieux autrefois.

À l'approche de l'héliport situé à l'arrière du château, Thirio remarqua une petite voiture noire garée dans l'allée. Il ravala un juron de contrariété.

L'isolement et la difficulté d'accès étaient à ses yeux les atouts majeurs de ce sommet de montagne. La route qui y menait était étroite et tortueuse, et sans autre destination que le château. Les touristes ne s'y aventuraient jamais. Ici, il était complètement à l'écart du monde. Ce qui lui convenait parfaitement.

Déjà agacé d'avoir dû sociabiliser plus qu'il ne lui plaisait et pressé de retrouver sa tanière pour se complaire dans sa solitude, il posa l'appareil sans attendre. Les pales de rotor coupées, il attendit qu'elles ralentissent et en profita pour tenter de se calmer. Puis, exhalant un long soupir, il ouvrit la porte. L'air était vif à ces hauteurs malgré le printemps qui pointait et parait la vallée de ses premières fleurs, de soleil et d'optimisme. Sur le toit du monde, les nuages étaient gris, les arbres encore recouverts de neige. Descendu de l'hélicoptère, Thirio Skartos avança à grands pas vers son palais, bien décidé à faire décamper l'intrus qui osait investir son sanctuaire.

Lucinda Villeneuve était rongée par la nervosité. D'abord, parce qu'elle se présentait sans invitation au château d'un reclus milliardaire célèbre, avec une proposition particulière. Ensuite, en raison de l'importance de cette proposition pour elle. S'il acceptait de l'engager pour organiser le mariage de sa sœur, Lucinda verrait sa vie changer à jamais. Grâce aux honoraires, elle pourrait contracter un prêt bancaire et enfin racheter à sa belle-mère l'entreprise paternelle pour en reprendre le contrôle. Cerise sur le gâteau, elle prouverait ses capacités et son talent à tous les sceptiques.

L'enjeu était de taille et elle n'avait pas droit à l'erreur.

Elle avait trouvé peu d'informations récentes au sujet de Thirio Skartos sur Internet. Les photos du jeune et séduisant célibataire lors de soirées mondaines pullulaient, mais après la mort de ses parents dans un incendie accidentel, il avait complètement disparu de la sphère publique. Depuis six ans, il s'était évanoui dans la nature, et Lucinda avait dû mener l'enquête pour dénicher l'adresse de sa cachette dans les Alpes, entre France, Italie et Suisse.

Evie, sa sœur cadette, avait été plus facile à localiser. Même si la jeune femme restait plutôt discrète, ses récentes fiançailles avec le prince de Nalvanie, quatrième fils du monarque au pouvoir, l'avaient mise sur le devant de la scène. Lucinda avait passé de longues heures à éplucher les interviews qu'elle avait accordées, à les analyser afin d'en apprendre un maximum sur la princesse en devenir et lui proposer la cérémonie idéale. Après tout ce travail méticuleux, elle avait la certitude d'avoir visé juste. C'était parfait. Elle devait seulement en convaincre Thirio Skartos.

S'il décidait de se montrer !

Voilà plusieurs heures qu'elle était arrivée au château et n'avait trouvé personne. Elle avait attendu un long moment dans sa voiture puis, frigorifiée, elle avait poussé la grande porte d'entrée en quête de chaleur. À l'intérieur, elle avait fait la plus merveilleuse des découvertes : une immense bibliothèque avec de hauts plafonds et des murs recouverts de livres anciens, où elle s'était installée pour patienter. Ce fut donc pelotonnée dans un fauteuil avec un exemplaire d'époque de *Guerre et Paix* que Thirio la surprit.

De par ses recherches, Lucinda le savait séduisant, avec son teint mat, ses yeux plus sombres que la nuit, ses sourcils épais et droits, son nez aquilin et sa mâchoire carrée. Pourtant, l'homme qui fit irruption dans la bibliothèque, une expression furieuse au visage, était très différent du célibataire souriant et fêtard qu'elle avait vu en photo. Sa carrure imposante, la force et la noirceur qu'il dégageait, étaient écrasantes. Gênée et un peu craintive, Lucinda se redressa tant bien que mal, abandonnant avec culpabilité le livre dans le fauteuil. Tout son professionnalisme s'était envolé devant la virilité brute de Thirio.

— Qui êtes-vous ? gronda-t-il d'un ton plus froid encore que l'air qui régnait dehors.

Son père était grec, sa mère suissesse, et son éducation l'avait mené entre Londres et Vienne. Il s'exprimait avec l'intonation d'un membre de la famille royale britannique mais sa voix était dure et rauque, comme s'il ne l'utilisait pas souvent. Comme si devoir parler à cet instant l'horripilait.

Lucinda s'arma de courage et se lança.

— Thirio Skartos ?

— Vous êtes chez moi ! Ce n'est pas à vous de poser des questions !

Elle se crispa ; elle n'avait pas prévu une telle animosité.

— J'ai essayé de vous joindre par téléphone, répondit-elle avec superbe, oubliant un instant combien elle avait besoin de ce contrat. Vous ne m'avez pas rappelée.

— La plupart des gens saisiraient le message.

— Je ne suis pas la plupart des gens.

Il croisa les bras sur le torse en soufflant, un regard noir posé sur elle. Lucinda sentit son pouls s'accélérer. De nervosité, elle se mordilla la lèvre mais s'arrêta brusquement quand son geste attira l'attention de Thirio sur sa bouche.

— Vous n'êtes pas la bienvenue ici.

— Je ne demande qu'un peu de votre temps.

— Vous ne comprenez pas quand on vous parle ? tonna-t-il d'un air sceptique.

Lucinda tressaillit. Il n'était pas le premier à remettre en cause son intelligence. Depuis la mort de son père, elle était criblée d'insultes par sa belle-mère et ses demi-sœurs qui la rabaissaient et la raillaient constamment. Mais elle avait appris à encaisser les coups et pouvait se montrer forte même dans les situations les plus difficiles.

— J'entends parfaitement ce que vous dites, reprit-elle après une courte pause. Je n'ai cependant aucune intention de m'en aller tant que nous n'aurons pas discuté. Si vous aspirez à retrouver votre solitude, je vous suggère de m'écouter. Plus vite vous le ferez, plus vite vous serez débarrassé de moi.

Surpris par sa tirade comme par son attitude, il rétorqua :

— Pour qui vous prenez-vous, à vous introduire chez moi pour me lancer des ultimatums ? Je pourrais vous faire arrêter.

— En effet, admit-elle avec un hochement de tête pour dissimuler son trouble intérieur. Mais faire intervenir la police prendrait du temps et impliquerait d'autres personnes. Je vous promets que je ne compte pas m'attarder plus que nécessaire.

À l'évidence, Thirio n'avait pas l'habitude qu'on s'oppose à lui. Si son avenir professionnel n'avait pas dépendu entièrement de son accord, Lucinda se serait amusée des efforts qu'il fournissait pour garder son calme. L'agacer était plaisant, et nécessaire selon elle. Mais son destin était en jeu et elle ne devait prendre aucun risque.

— Je n'abuserai pas de votre temps, c'est promis, reprit-elle d'un ton plus conciliant. Il ne va pas tarder à faire nuit et je ne tiens pas à reprendre cette route dans le noir.

— C'est judicieux, murmura-t-il, jetant un regard vers la fenêtre. D'autant qu'un orage approche. À votre place, mademoiselle… ?

— Lucinda Villeneuve.

Alors qu'il l'avait incitée à se présenter, il parut agacé par son interruption.

— À votre place, je partirais tant que c'est encore possible. Pour ma part, je vais prendre une douche.

Lucinda resta sans voix. Son plan allait échouer. Elle devait trouver la bonne approche. Au cours de ses recherches, elle avait compris que sa sœur encensait Thirio. Elle supposait qu'ils étaient très proches et tenta cette carte.

— La raison de ma visite ne vous intéresse donc pas ?

— N'est-ce pas évident ?

— Même si elle concerne votre sœur ?

Il marqua une hésitation.

— Quel rapport avec ma sœur ? s'enquit-il d'un ton tranchant.

Lucinda fit un pas en avant, le regrettant aussitôt quand une bouffée de son parfum musqué chatouilla ses narines. Sa réaction fut immédiate, incontrôlable. Le désir s'empara d'elle. Elle se ressaisit et déclara avec autant d'assurance qu'elle pouvait :

— Elle va se marier et elle vous a confié l'organisation de la cérémonie.

Un long silence s'ensuivit.

— Vous êtes venue m'apprendre ce que je sais déjà ?

Une nouvelle fois, sa repartie blessa Lucinda. Elle avait entendu ce genre de piques trop souvent.

— Je crois que je peux offrir à votre sœur le mariage de ses rêves.

— Tout comme les organisateurs d'événements du monde entier, répliqua-t-il avec une moue narquoise qui renforça la détermination de Lucinda.

— Sauf que moi j'ai raison.

Elle tourna les talons et se dirigea vers une table en bois sculpté près de l'immense fenêtre qui surplombait la forêt.

— Vous en conviendrez quand vous aurez examiné mon projet.

— Les propositions pour l'organisation du mariage doivent être soumises par e-mail.

— Je le sais.

— Que faites-vous ici, alors ?

J'ai désespérément besoin de ce travail.

— Ma proposition est trop lourde pour être envoyée informatiquement.

— Dans ce cas, je vous conseille de l'alléger. Je ne vais pas perdre mon temps à lire trente pages d'inepties parce que vous ne savez pas être succincte.

— Vous êtes vraiment…

— Oui ? l'interrompit-il en soutenant son regard.

Lucinda sentit son cœur et ses jambes défaillir. Elle ravala sa colère avant de répondre.

— Pourquoi refusez-vous de m'écouter ?

— Je veux être seul, ça vous va ?

Un frisson la traversa. Elle se sentait à la fois curieuse et compatissante. Mais l'enjeu était trop grand pour qu'elle renonce.

— D'accord, dit-elle en levant les mains en signe de paix. Je promets de m'en aller. Mais laissez-moi d'abord vous expliquer rapidement ce que j'ai imaginé pour le mariage rêvé de votre sœur.

— C'est un mariage, grogna-t-il. Elle portera une robe blanche, son fiancé sera en smoking, il y aura un orchestre, de la nourriture et du champagne, et à la fin de la journée, ils seront mariés.

— Quelle mouche a piqué votre sœur pour qu'elle vous confie l'organisation si c'est ainsi que vous voyez un tel événement ?

Il ouvrit la bouche, prêt à rétorquer avec hargne, puis se ravisa.

— Cela ne vous concerne pas.

Il pivota et se dirigea vers le seuil de la bibliothèque.

— Vous saurez retrouver la sortie, je présume ?

Lucinda le dévisagea, bouche bée.

— Voulez-vous bien au moins me promettre d'étudier mon projet ?

Elle lui tendit le dossier qu'elle avait préparé. Contrairement à ce qu'il croyait, elle s'était montrée concise et efficace, et avait choisi les mots adéquats pour transmettre ses intentions sans se perdre dans les détails des préparatifs. S'en occuper serait son travail, après tout.

— Non.

L'homme disparut sans rien ajouter et le mot résonna dans le château, balayant les efforts que Lucinda avait fournis pour offrir un mariage de princesse à Evie Skartos et les espoirs qu'elle nourrissait pour elle-même.

Thirio se déshabilla avec la sensation que chaque couche qu'il retirait le délestait un peu plus des épreuves de la journée : le travail, les réunions, la compassion, la curiosité ou les questions qu'il suscitait. Les gens croyaient-ils qu'il ne les entendait pas chuchoter dans son dos ?

Nu dans sa salle de bains, le regard sur le miroir en pied, il examina son corps. Au début, il avait maudit les cicatrices qui couraient sur son flanc gauche, et recouvraient un de ses pectoraux et une partie de son dos avant de monter jusqu'à son cou. Il les détestait car elles étaient le rappel douloureux de ce qu'il avait vécu. À présent, il les appréciait pour cette même raison. Son corps portait les marques de sa faute. Grâce à elles, il n'oublierait jamais. C'était de toute façon peu probable : les hurlements de sa mère étaient gravés dans son esprit à tout jamais. Mais ces cicatrices étaient aussi l'assurance de penser plusieurs fois par jour à cette affreuse nuit. De revivre son traumatisme, de se complaire dans sa part de responsabilité. De se remémorer sa stupide ébriété.

Il effleura de ses doigts la peau abîmée et, surgie de nulle part, la vision d'une autre main l'assaillit. Celle de la femme qui avait osé envahir son espace, pénétrer chez lui et le défier. Lorsqu'elle lui avait tendu son dossier, il avait remarqué la délicatesse de ses doigts, sa peau de porcelaine. Tandis qu'il suivait le tracé de ses cicatrices, il imagina ses mains à la place des siennes, ses grands yeux ambrés qui caressaient sa chair marquée, sa bouche qui… Il poussa un grognement. Le souvenir de ces lèvres roses et charnues, toujours au bord du sourire, même lorsqu'il la couvait d'un regard noir, le hantait. Il aurait voulu les effleurer, les sentir contre les siennes… Mais ces plaisirs ne lui étaient plus permis. Il avait fait le serment de ne plus y succomber. Le célibat était une faible pénitence face à son crime. Il avait ôté la vie à ses parents, il n'avait aucun droit de jouir de la sienne.

Depuis six ans, il vivait dans un purgatoire qu'il s'était

créé et imposé à lui-même. Il ne regrettait pas son ancienne vie de luxe, ni les fêtes, ni les femmes, ni l'insouciance. Seuls ses parents lui manquaient, et ce qu'il avait à tort pris pour acquis.

Lorsqu'il repensait à l'existence privilégiée qu'il avait menée, Thirio avait envie de redevenir un petit garçon pour pouvoir se blottir dans un coin et pleurer, se pelotonner sur les genoux de sa mère pour qu'elle le rassure. Mais il n'était plus un enfant et rien ne serait plus comme avant. Il devait continuer pour le bien d'Evie et ne jamais s'autoriser à oublier pourquoi il lui fallait renoncer aux plaisirs de la vie.

Il n'en restait pas moins un homme, toujours capable de ressentir des émotions. La tentation. Malgré lui, il s'approcha de la fenêtre pour observer la femme au-dehors.

Avant l'incendie, Thirio profitait de la compagnie de toutes sortes de femmes, sans aucune préférence particulière. Il savait pourtant d'instinct que celle-ci n'était pas pour lui. Si elle était d'une grande beauté avec ses cheveux blonds qui tombaient en cascade sur ses épaules et ses yeux de la couleur du miel, sa peau irisée et sa silhouette svelte qu'épousaient son pull moulant à col roulé et son pantalon noir, elle était surtout jeune, douce et fragile. Si vulnérable qu'il avait eu envie de la protéger alors même qu'il lui aboyait de partir.

C'était ridicule !

Thirio n'était pas un héros, il ne sauverait personne. Encore moins une inconnue qui pénétrait chez lui sans autorisation.

Alors qu'il l'observait, il la vit s'arrêter et se tourner pour contempler le château. Le soleil de la fin d'après-midi illuminait son visage qui parut scintiller d'émerveillement.

Il resta immobile, pareil à une statue, et comme attirée malgré tout, elle porta les yeux vers sa fenêtre, vers lui. Il ne savait pas si elle le voyait derrière les vitres anciennes où la forêt devait se refléter. Son regard s'attarda néanmoins et il demeura sans bouger, son corps meurtri exposé comme en défi à l'ingénue qu'elle était, en bas.

Seigneur, qu'elle était belle !

Cette pensée, qui fusa dans sa tête comme un coup de fouet, fut accompagnée d'un éclair en bordure de forêt qui déchira le ciel.

L'orage approchait.

Ravalant un juron, il se détourna de la fenêtre et enfila son jean. Il ne pouvait pas la laisser prendre le volant dans ces conditions. Cette route était dangereuse, encore plus quand on n'était pas familier de ce relief. C'était l'accident assuré. Et Thirio refusait d'avoir d'autres morts sur la conscience.

2.

Le moteur démarra dans un ronronnement et Lucinda, encore mortifiée, remercia le ciel en silence. Elle n'aurait jamais dû venir ici. Envahir son espace personnel était déjà déplacé, mais le fixer à moitié nu, derrière sa fenêtre, était inexcusable.

Pressée de fuir, elle jeta un coup d'œil dans le rétroviseur pour manœuvrer quand un mouvement à l'arrière l'arrêta.

Thirio.

Il était seulement vêtu d'un pantalon et Lucinda ne put s'empêcher de remarquer son torse : comme sculpté dans le marbre, bronzé, et flanqué d'une longue cicatrice. Son cœur s'emballa, le souffle lui manqua. Il approcha à grandes enjambées.

— Vous ne pouvez pas partir, maugréa-t-il quand elle eut descendu sa vitre. L'orage arrive.

Comme pour appuyer ses dires, un nouvel éclair zébra le ciel, suivi presque aussitôt d'un coup de tonnerre.

— Vous ne pourrez pas rejoindre la vallée.

Lucinda observa les grilles du château derrière lesquelles se trouvait la route sinueuse qui l'avait menée jusqu'ici. Même sous le soleil matinal, le trajet avait été un calvaire. Un retour en pleine tempête ne l'enchantait pas.

— Que proposez-vous ? s'enquit-elle en se tournant vers lui.

Grave erreur ! La peau nue de son buste se trouvait à la hauteur de ses yeux et elle eut envie de se perdre dans sa contemplation, dans l'histoire qui se dissimulait derrière ses cicatrices. Elle était fascinée.

— La seule solution, c'est que vous passiez la nuit ici, répondit-il comme à contrecœur.

— Passer la nuit…, répéta-t-elle dans un souffle. Ici ? Avec vous ?

— Non, pas avec moi. Mais chez moi, oui.

— Je suis sûre de pouvoir conduire.

— Vraiment ? s'étonna-t-il, à la fois sceptique et soulagé. Allez-y, alors.

Il recula, le regard fixé sur elle. La pluie se mit à tomber, glacée et violente. Lucinda frissonna.

— Je… Vous avez raison, reconnut-elle. Vous êtes sûr que ça ne vous dérange pas ?

— Je n'ai pas dit ça.

Son ton cassant la fit tressaillir. Il était sans conteste l'homme le plus désagréable qu'elle avait jamais rencontré.

— L'orage sera sans doute bref.

— Il sera passé au matin, peut-être.

— Au matin ?

— Qui sait ?

À la perspective d'être coincée plus d'une nuit dans ce château incroyable avec cet homme fascinant, un plaisir d'anticipation soudain la saisit.

— Bien, pourrait-on rentrer avant que je gèle ?

Évidemment ! Il était torse nu sous la pluie glaçante. Avec un hochement de tête, elle remonta la vitre et coupa le moteur, profitant de ces précieuses secondes pour se ressaisir. De nature optimiste, elle décida de voir dans ce contretemps l'occasion de présenter son projet à Thirio Skartos. Elle avait travaillé dur pour le préparer et elle avait la conviction que, s'il l'écoutait, il lui confierait l'organisation du mariage de sa sœur.

Elle espérait tant ne pas se tromper ! Elle pourrait enfin se détacher de sa belle-mère et de ses demi-sœurs, et honorer la mémoire de son père en sauvant l'entreprise qu'il avait bâtie tout seul. En digne héritière, elle pourrait lui rendre son prestige, en déclin depuis que sa belle-mère la dirigeait.

Le mariage d'Evie Skartos était la clé de sa réussite.

Un nouvel élan de détermination s'empara de Lucinda, chassant tout le reste de son esprit. Ou presque. Difficile de réprimer un frisson de sensualité lorsqu'elle descendit de voiture et se retrouva tout près de son hôte récalcitrant.

— Vous avez un bagage ?

Le ton était certes hargneux mais la question dénotait une bienveillance inattendue. À l'instar de son inquiétude pour sa sécurité. L'homme n'était peut-être pas si mauvais ?

— Non, répondit-elle avec regret. Mes affaires sont restées à l'hôtel.

Il acquiesça sans un mot et tourna les talons pour regagner le château à la hâte. Elle l'observa, la gorge sèche, tandis qu'il lui tenait la porte ouverte. Elle entra, le frôlant au passage. Il irradiait. Elle sentait la chaleur de sa peau à laquelle la sienne répondit aussitôt.

— Merci, parvint-elle à murmurer.

— Suivez-moi, grogna-t-il, le visage sombre.

La facilité avec laquelle il pouvait insuffler du mépris à ces trois syllabes étonna Lucinda. Mais la jeune femme était habituée depuis des années à endurer pire dédain de la part de ceux qui étaient censés être sa famille.

Elle lui emboîta le pas et en profita pour admirer l'intérieur du château. L'orage au-dehors conférait une atmosphère à la fois hantée et élégante aux pièces ; les chandeliers, déjà magnifiques à la lumière du jour, étaient somptueux baignés de la lueur sombre du crépuscule.

— Depuis combien de temps vivez-vous ici ?

Il s'arrêta, les épaules tendues.

— Règle numéro un : vous n'êtes pas mon invitée. Vous n'êtes pas mon amie. Bavarder avec vous ne m'intéresse pas.

Il se tourna pour lui faire face avant de reprendre.

— Répondre à vos questions encore moins. Au cas où cela vous aurait échappé, vous n'êtes ici que parce que je ne veux pas avoir votre mort sur la conscience.

Ses paroles résonnèrent d'un éclat froid et métallique.

— La cuisine est par là, poursuivit-il avec un geste de la main. Mangez ce qu'il vous plaira. Mais…

Il se tut un instant, chercha son regard, puis, avec un infime froncement de sourcils, il conclut :

— Restez en dehors de mon chemin.

Elle fit exactement ce qu'il demandait. Plusieurs heures durant, Thirio ne perçut pas un son de la part de sa visiteuse indésirable. Il savait pourtant qu'elle était là. Il sentait sa présence dans le château. La sensation de ne pas être seul l'écrasait alors que la solitude était tout ce qu'il désirait, surtout après la journée qu'il avait eue.

Il repensa à sa réunion de travail, se concentra sur les détails, mais toutes les deux minutes, un regard couleur d'ambre venait perturber ses pensées. Si bien que, peu après 20 heures, il quitta son bureau où il s'était réfugié et se mit à arpenter les couloirs du château. Sans réellement être à la recherche de Lucinda, il fut heureux de la trouver dans la bibliothèque. Au moins, elle ne fouinait pas partout. Thirio tenait à son intimité autant qu'à sa solitude.

— Bonsoir.

La voix de Lucinda était douce, agréable. Elle éveilla chez lui une curiosité inhabituelle, mais naturelle. Lui qui côtoyait peu de monde, préférant même discuter avec sa sœur au téléphone plutôt qu'en personne car il ne supportait pas sa gentillesse ni sa compassion, avait envie de découvrir qui était cette femme.

— Vous avez mangé ?

La brusquerie de sa question provoqua un froncement

de sourcils et un air froissé. Tant mieux. Il préférait ça à son attitude empathique.

— J'ai pris une pomme.

— Cela ne constitue pas un repas.

— Ça me suffit. Je ne mange pas beaucoup le soir, de toute façon. J'ai en général trop de travail pour préparer à dîner. Ne vous inquiétez pas pour moi.

— Je ne m'inquiète pas, rétorqua-t-il avec un empressement qui démentait ses paroles. Je vous l'ai dit, je ne veux pas avoir votre mort sur la conscience, c'est tout. Venez avec moi.

Il partit à grandes enjambées sans s'assurer qu'elle le suivait. Thirio n'avait peut-être plus l'habitude de fréquenter d'autres personnes, mais il continuait de croire qu'on lui obéissait sans discuter.

— Je ne vais pas mourir de faim, dit-elle d'une voix amusée qui, malgré lui, lui fit chaud au cœur.

— Sans doute pas.

Pour quelle raison se souciait-il de son bien-être dans ce cas ? Pourquoi la conduire à la cuisine comme une invitée plutôt que comme l'intruse qu'elle était ?

Contrarié par ses réactions atypiques face à cette femme magnifique, il ouvrit le congélateur et en sortit deux plats cuisinés.

— Des lasagnes, ça vous va ?

— En fait…, commença-t-elle en fronçant le nez.

— Quoi ?

Sa grossière interruption la fit sursauter ; le remords le saisit.

— Je suis végétarienne, avoua-t-elle, l'air peiné.

La culpabilité envahit Thirio. Décidément, il avait oublié les bonnes manières en présence d'un autre être humain.

Il rangea les lasagnes et prit à la place deux parts de risotto aux champignons.

— Pas de problème, grogna-t-il en fourrant les plats au micro-ondes. Du vin ?

Elle refusa d'un signe de tête. Sans en tenir compte, il ouvrit une bouteille et servit deux verres. Lucinda considéra le sien avec hésitation.

— Je suis vraiment désolée de vous causer tout ce dérangement, dit-elle.

En réalité, elle ne le dérangeait pas. Pas vraiment. Sa présence le contrariait seulement parce qu'il chérissait sa solitude. Elle n'était pas responsable.

— Pourquoi êtes-vous venue ?

— Je vous l'ai dit : je voulais vous parler de…

— Du mariage de ma sœur, oui, la coupa-t-il en levant son verre pour goûter le riche nectar. Vous vous rendez à domicile pour présenter tous vos projets ?

— Il ne s'agit pas de n'importe quel événement, répondit-elle en prenant elle aussi une gorgée de vin.

Ses lèvres caressèrent le bord du verre avec délicatesse et sa gorge se contracta avec douceur quand elle avala. Thirio sentit tout son être se focaliser sur ce spectacle enivrant.

— C'est donc la réputation de ma sœur qui vous a amenée ici.

Elle marqua une hésitation, le dévisagea quelques secondes avant de fixer un point par-dessus son épaule.

— Plutôt votre sœur elle-même.

— Vous connaissez Evie ?

— Pas personnellement. Mais elle a déclaré une chose dans une interview qui m'a donné envie d'organiser son mariage.

— Ce n'est pas plutôt parce qu'elle épouse un prince et que le budget est illimité ?

Il ne pouvait s'empêcher de la provoquer, convaincu que la somme colossale qu'il débourserait expliquait l'insistance de Lucinda.

— En partie, bien sûr, reconnut-elle. Avec un client

pour qui l'argent ne compte pas, tout est possible en matière d'organisation. Mais ce n'est pas la raison première.

— Quelle est-elle alors ?

— Moi aussi, je suis orpheline, répondit-elle, si bas qu'il ne l'entendit presque pas. Ma mère est morte quand j'étais bébé. Je ne l'ai jamais connue. Mon père et moi étions très proches mais je l'ai perdu quand j'avais quinze ans.

Le regard dans le vague, elle déglutit avec difficulté comme pour ravaler ces tristes souvenirs.

— Dans cette interview, votre sœur évoquait vos parents et racontait qu'elle aimerait ressentir leur présence le jour de son mariage. Je comprends ce qu'elle veut dire. Je sais ce que c'est de vivre chaque jour avec un vide immense dans le cœur qui ne se comblera jamais.

Elle haussa les épaules, mais Thirio ne la regardait plus. Il était submergé par un sentiment par trop familier : la panique que cette douleur éveillait en lui. Une crise d'angoisse le guettait et cette femme en serait témoin. Il se détourna, se concentra sur sa respiration, ferma les yeux. Mais ses parents apparurent derrière ses paupières closes. Le visage souriant de sa mère, le rire sonore de son père. Puis les hurlements et l'odeur de fumée… Le feu qui les avait emportés.

Par sa faute.

— J'étudierai votre projet en même temps que les autres, annonça-t-il d'une voix plus posée qu'il n'avait craint.

Le minuteur du four sonna à cet instant. Il sortit les plats et les déposa sur la table.

— Ou bien…, commença-t-elle d'un ton séducteur peut-être involontaire, nous pourrions en discuter maintenant. Je vous en prie. Ça ne prendra pas longtemps et je vous promets que ça vous plaira. Quand vous saurez ce que j'ai imaginé, vous serez convaincu.

— Vous n'abandonnez jamais ?

— Non. Et c'est aussi pour cela que je suis la personne idéale pour ce travail.

— D'ordinaire, j'admire la ténacité, reprit-il au bout d'un moment. Mais je ne suis pas d'humeur ce soir.

— Ni jamais, fit-elle remarquer sans le quitter des yeux tandis qu'il ajoutait un peu d'huile d'olive à leurs plats.

— Qu'est-ce que vous sous-entendez ?

— Vous ne me semblez pas être le genre d'homme à donner des réceptions. Pourquoi votre sœur vous a-t-elle confié l'organisation de son mariage ?

— Vous vous rappelez la règle numéro un ?

Elle cligna des paupières, la confusion qui se peignit sur ses traits la rendait si belle qu'il voulut ravaler ses paroles.

— Parce que je ne suis ni votre invitée ni votre amie, vous ne voulez pas répondre à ma question ?

— Il n'y a pas de question, rétorqua-t-il sèchement. Vous êtes vraiment curieuse pour quelqu'un qui débarque sans prévenir.

— Hé ! s'écria-t-elle d'un ton de reproche auquel il ne s'attendait pas. C'est vous qui avez commencé.

Elle le fixa d'un regard réprobateur qui le transperça au plus profond de son être.

— Il me semble que j'ai le droit de vous interroger, se défendit-il en mangeant une bouchée de riz.

— Vous vous trompez, rétorqua-t-elle avec défi. Vous n'avez aucun droit sur moi. Ma présence chez vous ne fait pas de moi votre obligée. Je n'ai pas à répondre à vos questions, pas plus que vous n'avez à répondre aux miennes.

— Vous croyez ?

— Oui, assena-t-elle en repoussant son assiette de risotto. J'ai perdu l'appétit.

— Vous faites la grève de la faim ? plaisanta-t-il, un sourcil arqué.

Malgré son irritation, ses lèvres s'étirèrent en un sourire. Il aimait la voir sourire. Ce qui était dangereux.

— Répondez-moi et je mangerai, lui lança-t-elle en fine négociatrice.

Il remit son assiette devant elle et croisa les bras.

— Je suis minutieux, et quel que soit le domaine, j'ai l'œil pour les détails.

À cet instant, il remarquait bien trop de détails au sujet de la jeune femme assise en face de lui.

— Moi aussi, dit-elle au bout d'un moment. Je me suis attachée au moindre détail pour ce projet. Je sais que c'est ce qu'elle voudrait.

Son assurance était séduisante.

— J'étudierai votre proposition, je vous l'ai déjà dit.

— En même temps que les autres ?

— Vous pensiez sérieusement que vous présenter en personne et sans invitation vous conférerait un traitement spécial ?

Le rouge teinta ses joues, en accord avec ses lèvres. Il l'observa, fasciné, animé par l'envie d'y goûter. Il devait se ressaisir.

— Tout à fait ! s'exclama-t-elle. La plupart des gens apprécieraient que j'aie fait le déplacement.

— Et moi j'apprécie qu'on suive mes instructions, qui étaient d'envoyer sa proposition par e-mail. En toute franchise, votre venue joue en votre défaveur. Et pas qu'un peu. Je ne vais pas engager une personne qui ne respecte pas mes exigences. Quand je détermine une façon de procéder, j'attends qu'on la suive.

— Qu'on vous obéisse, plutôt ! railla-t-elle avant d'avaler une gorgée de vin, comme dans l'espoir de calmer le feu de ses joues.

— Oui, qu'on m'obéisse. Ça vous pose un problème ?

— Tout dépend du nombre d'événements que vous organisez par an.

Il la dévisagea avec froideur.

— Où voulez-vous en venir ?

— Vous ne savez pas ce que vous faites, voilà où je veux en venir.

Il se retint de lui rappeler qu'il supervisait à lui seul de nombreuses entreprises d'une valeur de plusieurs milliards de dollars.

— C'est ainsi que vous persuadez vos clients potentiels de vous embaucher ?

— Je n'ai pas pour habitude de flatter mes clients pour obtenir un contrat. Je suis honnête, c'est ce qui fait mon charme.

Il ne tenait pas à s'attarder sur ses charmes ; sa raison devait l'emporter sur son corps.

— Il faut un professionnel pour organiser ce mariage, et ce n'est pas vous.

Il faillit éclater de rire mais il n'avait pas ri depuis si longtemps qu'il n'était plus sûr de savoir comment faire. Il but une gorgée de vin à la place.

— Combien d'événements de ce type organisez-vous chaque année ? demanda-t-il, et comme elle ne répondait pas, il insista : Quoi ? Vous avez perdu votre langue ?

Ses joues s'empourprèrent de plus belle. Tenaillé par le désir brûlant de toucher sa peau pour en sentir la chaleur, il posa les mains sur son siège de toutes ses forces pour s'en empêcher.

— Je…

Elle baissa les yeux sur son assiette, gênée.

Thirio sentit un nouveau sentiment s'éveiller en lui. La méfiance. Le désir avait brouillé ses sens mais son instinct reprenait le dessus.

— Que me cachez-vous ?

Son regard de miel empli de culpabilité, elle porta la main à son cou, tira sur son col et se mit à jouer avec un petit pendentif en diamant accroché à une chaîne en argent. Un signe révélateur. Il attendit.

— Techniquement, je ne fais pas ce genre de choses d'habitude.

Il la dévisagea, surpris par cet aveu.

— Quel genre de choses ?

— Tout ça.

Elle prit une gorgée de vin puis reposa doucement son verre sur la table avant d'en caresser le bord.

— Entrer chez des inconnus sans y être invitée ?

— Oui, ça aussi.

Elle se mit à mordiller sa lèvre, déclenchant une nouvelle vague de désir involontaire chez Thirio, qui croyait pourtant avoir oublié les joies de se perdre dans le corps d'une femme.

— Je ne suis pas à proprement parler organisatrice événementielle.

— Vous êtes quoi alors ?

L'air implorant dans le regard de Lucinda était sur le point de briser toutes ses barrières. Thirio résista, il ne pouvait pas se laisser attendrir, il ne pouvait pas jouer les anges gardiens pour elle. Il en était incapable.

— Je suis secrétaire administrative dans une société d'événementiel.

Elle prononça ces mots avec amertume en se hâtant de cligner des yeux comme pour chasser les sombres pensées qu'ils avaient éveillées dans son esprit.

— C'était la société de mon père. J'ai grandi dans ces bureaux, j'y ai appris les ficelles du métier. Mais à sa mort… c'est ma belle-mère qui en a pris la direction.

— Et elle vous a engagée pour le secrétariat.

Elle pinça les lèvres comme pour retenir sa réponse. Il devait savoir, il n'aimait ni les secrets ni les mensonges.

— Je mérite que vous me disiez la vérité.

— Parce que je vous ai offensé en me présentant ici sans prévenir ?

— Parce que vous insistez pour gérer la coordination du

mariage de ma sœur. Et pour vous engager, je dois pouvoir vous faire confiance.

— Vous pouvez avoir confiance en moi ! lui assura-t-elle avec un regard d'une intensité bouleversante, avant de céder. Ma belle-mère m'a confié les tâches administratives parce que je suis douée pour les accomplir. Je sais faire tourner les rouages du bureau sans accroc. Mais je suis encore plus douée avec les gens. Je sais les déchiffrer et leur apporter ce qu'ils attendent. Je me soucie de nos clients. Elle ignore tout le travail que j'accomplis en coulisses, combien d'événements j'ai coordonnés à son insu. Je vous promets d'offrir à votre sœur le mariage dont elle n'a jamais osé rêver.

Il la contempla un long moment, aussi séduit que troublé par ses confessions. Percevait-elle la tension qui crépitait entre eux ? L'ignorait-elle sciemment ? Thirio s'était juré de ne plus céder aux tentations de la chair ni aux plaisirs de la vie, sans ça, il aurait répondu aux émotions bouillonnantes qui s'agitaient en lui. Mais il se privait depuis si longtemps, il devait persévérer…

— Je vous en prie, Thirio. J'ai besoin de ce contrat.

Malgré la douceur de ses paroles, leur effet fut comme un coup de fouet. Son nom prononcé par les lèvres de la jeune femme était un aphrodisiaque des plus puissants. Il devait se ressaisir.

— Le mariage de ma sœur n'est pas une œuvre caritative. Je ne vais pas vous en confier l'organisation juste parce que vous me suppliez.

3.

À cet instant, Lucinda ne put s'empêcher de regretter son impétuosité et sa venue au Castile di Neve. Mais depuis la mort de son père, on lui répétait qu'elle n'était pas assez douée, même quand elle avait la certitude du contraire. Pendant des années, elle s'était accommodée des tâches ingrates que sa belle-mère lui déléguait pendant que ses demi-sœurs tentaient de conserver la clientèle haut de gamme que son père avait fidélisée. Ne voyaient-elles pas la situation désastreuse dans laquelle se trouverait la société familiale si Lucinda n'était pas intervenue en douce ? Si elle n'avait pas contacté elle-même les clients pour arranger les erreurs commises ? Si elle n'avait pas vérifié plusieurs fois tous les détails pour s'assurer que chaque événement se déroulait parfaitement ?

Aujourd'hui, pour la première fois depuis des années, elle entrevoyait une échappatoire. Si seulement Thirio voulait bien l'écouter !

— Je ne demande pas la charité, le corrigea-t-elle avec assurance. Je vous demande seulement de considérer ma proposition.

— Et je le ferai.

— Faites-le maintenant.

— Avant que d'autres entrent dans la compétition ?

— Il n'y a aucune compétition.

Elle avait répondu avec défi car elle savait que le mariage qu'elle prévoyait était spectaculaire. Devancer et surpasser les attentes de ses clients était son seul objectif, à l'instar de son père avant elle.

— Mon projet est le meilleur. Je ne cherche qu'à vous faire gagner du temps.

— Comme c'est généreux de votre part ! s'exclama-t-il avec cynisme.

— Vous ne m'appréciez vraiment pas, hein ?

Il plongea son regard dans le sien, surpris par sa franchise.

— À vrai dire, vous m'êtes insignifiante, mais je n'apprécie pas ceux qui envahissent mon espace comme vous l'avez fait.

Elle le dévisagea sans un mot. Cet homme avait souffert de la perte de ses parents mais cela ne lui donnait pas le droit de traiter les autres avec autant de mépris.

Elle avala une bouchée de son risotto, puis une autre, et une autre, jusqu'à terminer son assiette.

— C'était délicieux, merci beaucoup.

Le ton était ferme et solennel, à l'image de ses rapports avec la famille qui lui avait été imposée à la mort de son père. À quinze ans, elle était trop jeune pour qu'ils l'abandonnent, mais à dix-huit, elle leur était trop utile pour qu'ils la laissent s'en aller.

Pourquoi n'était-elle pas partie quand même ? Pourquoi n'avait-elle pas fui les maltraitances de sa belle-mère ?

Parce qu'elle aurait dû abandonner son foyer et l'héritage de son père. Impossible ! Elle était restée et avait travaillé d'arrache-pied malgré les insultes. Mais à présent, une étincelle de rébellion s'était allumée en elle. Elle en avait assez.

— Vous savez, je n'avais rien prévu de tout cela.

— Je n'ai pas dit le contraire.

— Non, mais vous agissez comme si j'étais venue ici dans le seul but de vous importuner. Ce n'est pas le cas. Je vous assure que je n'avais aucune idée que ma présence serait une insulte pour vous. Si je l'avais su, je me serais évité le voyage, croyez-moi !

Il repoussa son assiette, posa les mains à plat sur la table et la couva de son regard d'acier.

— Vous êtes ici. Inutile de revenir sur la raison de votre présence. Si vous avez terminé, je vous montre votre chambre.

La colère courait dans les veines de Lucinda ; une colère qui grondait en elle depuis des années et qui à cet instant la submergea.

— Merci, parvint-elle à répondre sans hurler l'injustice qu'elle ressentait.

Certes, elle était fautive. Elle n'aurait pas dû venir, elle n'aurait pas dû entrer sans y être invitée. Elle comprenait sa maladresse. Mais c'était lui qui avait insisté pour qu'elle reste. Lui qui l'avait rattrapée et lui avait proposé de passer la nuit chez lui.

Bon, certes, pour lui éviter de glisser dans un ravin, et pas pour profiter de sa compagnie… Sa colère s'évanouit, laissant place à un étrange sentiment de vide. Le rappel tenace de ce qu'elle ressentait depuis des années. Elle était de trop, pas à sa place.

Adolescente, elle avait appris que disparaître dans sa chambre et faire profil bas pour éviter les conflits était sa meilleure option. Une manœuvre tout indiquée dans le cas présent.

— Je…, commença-t-elle, aussitôt interrompue par Thirio qui prit la parole au même moment.

— Je vous accorde dix minutes pour m'exposer votre projet, dit-il d'une voix sombre.

— Vraiment ?

— Vraiment.

Il croisa les bras et l'image de son torse nu surgit inopinément dans l'esprit de Lucinda.

— Ça vous ennuie si je prépare du café ? demanda-t-elle autant pour dissimuler son trouble que pour se donner le temps de rassembler son courage.

— Vous le prenez comment ? répondit-il simplement, d'un air contrarié.

— Noir.

Il esquissa une moue qu'elle ne sut interpréter et se tourna vers une machine à café dernier cri. Tandis qu'il préparait deux tasses, un long pour elle, un espresso pour lui, elle observa son dos puissant en tentant de recouvrer ses esprits.

— Je vous écoute, fit-il en lui tendant son café.

Nerveuse, elle prit une profonde inspiration et en appela à toute son expérience professionnelle pour lui présenter le projet qu'elle préparait depuis des semaines.

— Votre sœur a souvent mentionné ce château, vous savez. Quand elle était adolescente, avant l'accident, ajouta-t-elle avec un sourire compatissant, car elle ne comprenait que trop bien la douleur de perdre un parent. Dans un magazine, elle évoquait des vacances en famille ici. Cet endroit lui est très cher.

L'expression de Thirio était indéchiffrable mais une lueur dans ses yeux fit battre le cœur de Lucinda encore plus fort.

— C'est un lieu tellement spectaculaire. Dès que j'ai vu le château en photo, j'ai su que ce serait parfait.

Le silence tomba autour d'eux.

— Parfait pour quoi ?

Le ton était forcé, tendu.

— Pour le mariage, répondit-elle en se hâtant de poursuivre : dans mon projet, j'ai devancé toutes les objections que vous pourriez avoir. La logistique pour le transport des invités depuis la ville, le logement qui pourrait être proposé, le traiteur. J'ai vu sur Internet que le château disposait d'une salle de bal. Votre sœur et son fiancé ont déclaré vouloir un mariage intime…

— Non.

Il leva la main, lui intimant le silence par le geste et la parole. Pour faire bonne mesure, il ajouta en articulant chaque syllabe :

— Absolument pas.

Elle s'était préparée à cette réponse. Pas à son arrivée ici, bien sûr, mais dès qu'il était apparu pour l'accueillir en ours mal léché.

— L'accès aux ailes privées du château sera interdit. Nous n'ouvrirons aux invités que la salle de bal et la chapelle à l'extérieur.

— Il n'y a pas de chapelle.

— Il y en aura une, en toile, que nous monterons pour l'occasion. Avec un plancher en bois et des guirlandes lumineuses suspendues au plafond. Le parfum des pins embaumera. Ce sera féerique. Exactement comme le souhaiterait Evie.

Il posa sur elle un regard implacable.

— Non.

— Pourquoi ?

— Je pourrais vous donner un millier de raisons, mais je m'en tiendrai à celle-ci : je ne veux pas d'inconnus chez moi.

— Ils ne seront pas chez vous. Ils resteront dans les lieux autorisés. Votre intimité n'en souffrira pas.

— Non.

Elle prit une profonde inspiration avant de poursuivre :

— Je comprends votre réticence, mais…

Il éclata d'un grand rire, sec et tranchant.

— Votre projet est voué à l'échec. Si c'est là toute votre proposition, alors vous avez perdu votre temps.

Lucinda savait qu'il se trompait. Elle était convaincue d'avoir cerné les désirs d'Evie.

— Reconnaissez au moins que votre sœur aimerait célébrer son mariage ici.

Il marqua une hésitation avant de répondre.

— Jamais elle ne me demanderait une telle chose.

Son regard s'assombrit. Il s'empara de sa tasse de café, gagna l'évier à grands pas, et l'y déposa avant de lui faire face. Puis il vint se placer devant elle. Si près qu'elle pouvait sentir son souffle sur son visage. L'esprit troublé, elle se força à se concentrer. Elle devait le convaincre.

— Je peux vous montrer comment nous procéderons pour que ça fonctionne.

— Inutile, ça ne fonctionnera pas.

Ces mots lui glacèrent le sang alors même qu'un feu dévorant brûlait en elle. Elle prit une profonde inspiration, goûta son odeur par la même occasion et dut se retenir de pousser un soupir de contentement.

— Qu'en savez-vous ? insista-t-elle d'une voix rauque.

— Je le sais, c'est tout.

— Ce n'est pas une réponse.

— C'est celle que vous aurez.

— Même si vous avez tort ?

— Je n'ai pas tort.

— Je crois que si.

— Je crois que je m'en fiche.

Elle fronça les sourcils puis reprit au bout d'un moment.

— Voulez-vous bien au moins y réfléchir ?

— Pas une seule seconde.

— Même pour rendre heureuse votre sœur ?

— Elle va épouser l'amour de sa vie. Vous pensez que c'est célébrer la cérémonie ici qui fera son bonheur ?

— Elle mérite d'avoir le mariage de ses rêves, insista Lucinda, le cœur lourd de tout ce qu'elle avait perdu. Elle devrait pouvoir vivre ce jour particulier avec l'impression que vos parents sont encore avec elle, qu'ils veillent sur elle. Cet endroit est très cher à son cœur. Je sais que je peux lui offrir le mariage dont elle rêve et je vous promets de tenir compte de votre besoin d'intimité.

— Vous ne savez rien de mes besoins, grogna-t-il.

Il s'approcha encore, si près qu'il effleura le délicat tissu de son chemisier. Une caresse fugace qui électrisa tout son corps. Ses besoins à elle étaient parfaitement clairs.

— Et en toute franchise, vous ne savez rien de ma sœur non plus.

— Je me suis renseignée.

— Sûrement pas, ou vous auriez su que votre projet était voué à l'échec dès le départ. Aucun mariage ne sera célébré au Castile di Neve, c'est clair ?

Elle leva les yeux vers lui, leurs deux visages si proches qu'ils pouvaient s'embrasser. Cette pensée aussi importune qu'impétueuse la submergea et ses lèvres s'entrouvrirent malgré elle.

— J'aimerais…

Mais Lucinda fut incapable de terminer sa phrase. Ce qu'elle souhaitait était impossible à formuler et cet homme l'effrayait. Non, pas lui, mais l'effet qu'il produisait sur elle, dans ce château somptueux, pendant un orage.

— Qu'aimeriez-vous ? demanda-t-il dans un grognement.

Aucun d'eux ne bougea. Une force invisible semblait les avoir soudés l'un à l'autre. Elle voulait qu'il l'embrasse. Elle voulait sentir ses lèvres sur les siennes, sa langue faire danser la sienne. Elle voulait oublier le mariage de l'année, les honoraires et ce qu'ils représentaient pour elle. Surtout, elle voulait oublier sa belle-mère et ses demi-sœurs, et le désordre qu'elles mettaient dans la société de son père. Elle voulait oublier sa peine et sa solitude. Elle voulait se perdre dans l'instant présent.

Il posa la main sur sa joue, avec délicatesse. D'abord le bout de ses doigts sur sa tempe puis toute sa paume, tandis que son pouce s'aventurait près de sa bouche. Son contact fut comme une brûlure sur sa peau.

— Qu'aimeriez-vous ? répéta-t-il, le regard plongé dans le sien comme pour sonder son âme.

Plutôt que de répondre, elle se pencha en avant et se pressa contre lui, sentant ses muscles tendus à travers leurs vêtements.

— Répondez.

Il était si proche. Malgré le masque impénétrable qu'il arborait, elle vit le tourment qui habitait son regard, comme une douleur insurmontable causée par des sentiments qu'il refusait.

— Je ne sais pas, murmura-t-elle.

— Menteuse, répliqua-t-il aussitôt.

— Qu'est-ce que je veux alors ? lui renvoya-t-elle sans ciller, le cœur tambourinant dans sa poitrine.

Un coin de ses lèvres s'étira en un sourire narquois.

— La même chose que moi.

Un plaisir dangereux l'envahit. Si elle s'était tenue au bord d'un précipice, il venait de l'y pousser.

— À savoir ?

Le regard rivé au sien, il s'approcha et posa ses lèvres sur les siennes, s'empara de sa bouche dans un baiser qui lui ôta toute capacité à réfléchir et à respirer, qui lui fit oublier tout ce qu'elle était. Pendant un instant, cet instant, il n'y eut que lui.

— Thirio, dit-elle dans un souffle pour le seul délice de prononcer son nom.

Un gémissement s'échappa de sa gorge. Elle connaissait à peine cet homme, et pourtant son baiser provoquait en elle des émotions qu'elle ne soupçonnait pas, éveillait un désir qu'elle ignorait jusque-là.

— Dites-moi ce que vous voulez, répéta-t-il avec autorité avant de détacher ses lèvres des siennes sans trop s'en éloigner.

Elle avait le souffle court, des étoiles dans les yeux. Comment expliquer la cacophonie des émotions troublantes qui l'assaillaient ? Un feu intense rougissait ses joues, assombrissait son regard.

— Je…

Plus rien n'avait de sens. Elle était venue ici pour sauver la société de son père, et Thirio était celui qui pouvait l'y aider en l'engageant. Pourtant, à cet instant précis, que son projet soit accepté était le cadet de ses soucis. Lucinda avait d'autres intérêts à l'esprit…

— Vous ?

Il ne laissa transparaître aucune émotion. Les paupières closes, elle tenta de retrouver la raison et le calme mais ne rencontra que la force de son désir auquel, tous ses sens en éveil, elle était incapable de résister.

— Vous, répéta-t-elle dans un souffle, cette fois avec assurance.

Elle ouvrit les yeux et l'observa furtivement, consciente de la chaleur de son corps.

— Ça.

À son tour, il ferma les paupières, comme si cette réponse était la dernière à laquelle il s'attendait malgré le baiser fougueux qu'ils venaient de partager.

— Ce n'est pas possible.

Ses mots étaient irrévocables. Pourtant, il n'esquissa pas le moindre geste pour s'éloigner. Lucinda se raccrocha à un fil d'espoir. Car cela lui paraissait possible. À cet instant, tout ce qu'elle avait toujours désiré lui semblait à sa portée.

— Vous n'avez pas idée de ce que vous me demandez.

Au contraire. Depuis toujours, l'incertitude et le manque de confiance caractérisaient ses relations avec les hommes, au point qu'elle n'avait jamais cru que l'un d'eux pourrait s'intéresser à elle. Mais Thirio Skartos dégageait une aura qui l'emportait sur ses doutes et ses appréhensions. Sa façon de la regarder était la preuve qu'il éprouvait des émotions similaires.

— Je crois que nous attendons la même chose l'un de l'autre.

Sa repartie le surprit et un élan de triomphe emporta Lucinda. Elle leva la main et la posa à plat sur le torse de Thirio, sentant les battements effrénés de son cœur.

— Je ne vous ai pas demandé de venir, dit-il en attrapant son poignet. Et je ne veux pas coucher avec vous.

Il écarta sa main de son torse mais ne la relâcha pas, démentant ses paroles.

— Vous êtes sûr ?

Elle lut dans son regard la bataille qui faisait rage en lui. Le désir en lutte avec la résolution.

— Oui.

La résolution l'emporta. Sous la brûlure cuisante de ce rejet, Lucinda se maudit d'avoir exposé si ouvertement ses désirs et se sentit idiote d'avoir mal interprété l'alchimie entre eux.

— Je vois.

Par chance, sa fierté vint à sa rescousse. Elle libéra sa main de son emprise et recula d'un pas, parvenant même sans qu'elle sache comment à afficher un sourire glacé.

— J'ai dû mal comprendre.

4.

Elle avait pourtant bien compris. Elle avait lu en lui comme dans un livre ouvert. Quel imbécile il était de ne pas avoir su se maîtriser face à elle !

Après six ans, il aurait cru que tout désir s'était envolé. Même s'il avait côtoyé d'autres personnes pendant cette période : les rares fois où il quittait le château, il se retrouvait en présence d'autres êtres humains, des femmes magnifiques, qui le dévoraient des yeux avec une envie à laquelle il aurait répondu avant. Mais Thirio n'était plus cet homme.

Il avait étouffé cet aspect de sa personnalité, ces besoins. Il tirait sa satisfaction de son renoncement à ces plaisirs.

Année après année, l'absence de contact avec une femme lui avait paru plus supportable.

Les cicatrices sur son flanc lui rappelaient la raison de son abstinence, la perte et le chagrin qu'il avait causés. Éviter les relations intimes était un faible sacrifice quand il était question de pénitence. Même si son châtiment ne serait jamais à la hauteur de son crime.

Dans son immense lit, tourmenté par ses pensées, il contempla la pluie qui battait à la fenêtre. L'orage s'intensifiait. Il pouvait au moins se féliciter de ne pas avoir laissé Lucinda repartir dans la tempête.

Elle se trouvait dans une chambre d'amis, à quelques mètres de lui seulement.

S'il avait pu, il l'aurait installée à l'autre bout du château, aussi loin de lui que possible, mais cette aile était fermée.

Lucinda était donc tout près. Les yeux fermés, il retint sa respiration et tendit l'oreille. Était-elle éveillée ?

Ils avaient à peine échangé deux mots après qu'il l'avait rejetée. Elle avait déposé son assiette dans l'évier puis l'avait suivi dans un silence de pierre jusqu'à sa chambre. Sur le seuil, il avait ignoré la tension de son corps à la vue de l'immense lit confortable et s'était empressé de partir avant d'être absorbé par la tentation.

Thirio ne méritait pas le plaisir qu'il connaîtrait dans ses bras, parce qu'il ne pourrait jamais lui offrir davantage.

Plus vite elle s'en irait, mieux ce serait. En attendant, la nuit s'étirait sans fin, douloureuse. Il roula sur le côté, contempla l'ombre des pins au-dehors. Au matin, il l'emmènerait loin d'ici. Ensuite, il serait de nouveau seul, ses désirs oubliés, l'opportunité manquée. Comme il le souhaitait.

Un bruit tonitruant la réveilla en sursaut. Lucinda se redressa dans le lit, désorientée. Elle ne reconnaissait rien. Ni le lit à baldaquin, ni les peintures de la période Renaissance aux murs, ni le panorama depuis la grande baie vitrée. Pas plus que le parfum des pins ou le froid mordant de l'air.

Elle mit plusieurs secondes à se rappeler où elle était, et avec qui. Un courant d'air glacé l'enveloppa à cet instant, interrompant ses pensées. Elle remonta la couette sur elle et balaya la chambre du regard. La porte était ouverte.

Avec un frisson, elle s'interrogea. Thirio ? Non, sûrement pas.

Le hurlement du vent lui parvint. Les couvertures repoussées, elle s'avança vers la porte, vêtue du pull que Thirio lui avait prêté pour dormir. Il sentait bon la lessive, aux touches de citron et de vanille. Sur le seuil, la température ambiante semblait avoir chuté de plusieurs degrés.

Un nouveau bruit la fit sursauter : une porte qu'on ouvrait. Elle se tourna et vit Thirio apparaître. Torse nu. Encore.

Malgré la fraîcheur de la nuit, il ne portait qu'un boxer gris et son corps musclé se grava dans l'esprit de Lucinda, de même que sa mâchoire piquée d'une barbe de trois jours, sa bouche étirée en une moue désapprobatrice.

— Vous devriez retourner vous coucher.

— J'ai entendu un bruit, répondit-elle dans un murmure.

— Ce n'était qu'un arbre qui a brisé une fenêtre en tombant.

En effet, plus loin dans le couloir, elle vit que la cime d'un pin majestueux traversait la vitre par laquelle elle avait admiré le paysage un peu plus tôt. Peinée par la destruction d'une fenêtre antique, elle demanda :

— Que puis-je faire pour vous aider ?

— Rien, dit-il, autoritaire. Retournez dans votre chambre.

Voilà qu'il la repoussait encore. Elle était tentée de protester, d'insister pour se rendre utile, mais la contraction de sa mâchoire lui indiquait que toute contestation serait mal venue. Malgré tout, un sentiment de défi l'aiguilla.

— La pluie inonde le parquet. Si vous avez une bâche, nous pourrions au moins boucher la fenêtre.

— Je vous ai dit d'aller au lit.

Elle serra les dents de frustration. Depuis trop longtemps, on lui donnait des ordres, mais avec cet homme c'était différent. Sa belle-mère et ses demi-sœurs étaient apparues dans sa vie quand elle était jeune et impressionnable, puis le traumatisme du décès de son père l'avait empêchée d'aller à l'encontre des desiderata de sa belle-mère. Ces habitudes étaient profondément ancrées en elle à présent, elle ne s'imaginait pas les combattre. Mais avec Thirio, tout était nouveau et elle refusait de céder à sa volonté. Au contraire, elle avait plaisir à s'opposer à lui.

— Et moi, j'ai dit que je vous aiderais.

Elle croisa les bras pour renforcer ses propos ; son geste fit remonter le pull, dévoilant ses jambes fines et bronzées.

— Je n'accepterai aucun refus.

— Bien, siffla-t-il entre ses dents. Comme il vous plaira.

Le plaisir, en effet, accompagné d'un sentiment de puissance, fusa en Lucinda.

— Ne bougez pas.

Il s'éloigna d'un pas vif vers l'escalier qui menait à l'étage inférieur. En son absence, elle s'approcha de l'arbre et frissonna sous les pics glacés qui s'engouffraient par l'ouverture.

Il revint bientôt avec une grande toile en plastique bleue, allumant au passage le couloir qui se drapa d'une lumière dorée. Le regard qu'il lui coula sembla la réchauffer instantanément. Elle se détourna, gênée, le cœur vibrant.

— Prenez ça, lui ordonna-t-il en lui tendant un coin de la bâche.

Leurs doigts se frôlèrent quand elle s'en empara et chaque nerf de son corps s'enflamma. Elle lui glissa un coup d'œil pour vérifier s'il avait noté son trouble. Il la fixait d'un regard pénétrant.

Il étouffa un juron puis se détourna pour placer l'autre extrémité de la bâche par-dessus le pin. Près de la fenêtre, il examina les dégâts.

— C'est grave ?

— Ç'aurait pu être pire.

— C'est déjà ça, approuva-t-elle en s'approchant du bord.

— Attention !

Son avertissement lui fit marquer une hésitation.

— Je ne fais que regarder.

— Vous rappelez-vous la raison de votre présence ici ? Je ne veux pas de votre mort sur la conscience.

— C'est donc une bonne chose que je n'aie pas l'intention de mourir, n'est-ce pas ?

— Les gens ont rarement l'intention de mourir, rétorqua-t-il, d'humeur sombre.

Il entreprit de fixer le coin de la toile plastique à la tringle à rideaux. Elle était comme hypnotisée par ses gestes assurés et efficaces, en contemplation devant son corps athlétique, ainsi que sa cicatrice, dont elle s'interrogeait sur l'origine. Perdue dans ses pensées et ses souvenirs de leur baiser, elle laissa la bâche glisser entre ses doigts sans s'en rendre compte. Thirio se retourna et la surprit en train de le fixer.

— Vous n'avez jamais vu de cicatrice ?

Sa remarque la fit tressaillir en même temps qu'elle la ramena dans l'instant présent.

— Je ne regardais pas votre cicatrice, se défendit-elle en soutenant son regard agacé.

— Vous mentez très mal.

Il tira sur la corde pour vérifier la solidité du nœud puis s'avança vers elle avec une grâce féline. Une main sur la hanche, celle indemne, il se tint juste devant elle.

— Tenez, regardez une bonne fois pour toutes. Ce n'est qu'un peu de peau abîmée.

Un frisson la parcourut. Elle voulait détourner les yeux, lui assurer qu'elle n'éprouvait aucun intérêt pour lui ou sa cicatrice. Mais c'était faux.

Soutenant son regard comme pour le défier, elle posa délicatement les doigts sur son flanc marqué. À son contact, il ferma les paupières et poussa un long soupir. Mais il ne recula pas. Il ne lui demanda pas non plus d'arrêter. Enhardie, elle fit remonter ses doigts plus haut, lentement, comme si sa caresse lui permettait de le comprendre, comme s'il était une partition qu'elle apprenait à jouer. Près de son bras, elle déploya toute sa main pour mieux le capturer sous sa paume. Puis elle la glissa sur son torse et, toujours sans le quitter des yeux, peinant à croire l'audace inhabituelle qui l'animait, elle la posa sur son cœur.

— Lucinda…

Il prononça son nom comme un avertissement malgré sa voix rauque et les battements frénétiques qu'elle sentait sous sa paume, en écho à ceux de son propre cœur. Elle leva la tête, surprise d'être si près de lui, ses lèvres si proches des siennes.

— Comment est-ce arrivé ?

Son expression était impénétrable.

— Un incendie.

— Vos parents…

Elle ne put terminer sa phrase et ses paroles flottèrent un instant entre eux, sa question implicite.

— Oui.

Un seul mot qui suffit à rompre la magie du moment. Thirio recula d'un pas, ramassa le coin de la toile abandonné par Lucinda et alla l'accrocher. Pendant toute la manœuvre, elle resta immobile, captivée par cet homme pour qui elle brûlait de désir.

— Voilà. Satisfaite ? demanda-t-il en se retournant.

Non, elle ne l'était pas. Elle était en proie à une frustration d'une grande intensité, et plus elle la combattait, plus celle-ci la submergeait.

— Vous êtes trempé, fit-elle remarquer tout bas plutôt que de répondre à sa question.

Il toucha sa peau humide et répondit simplement :

— Je sécherai.

Elle le fixait, incapable de détacher son regard. Elle le désirait tant. Elle voulait qu'il l'embrasse, qu'il la touche. Qu'il la porte dans son lit et la fasse sienne. Cette pensée la frappa comme un éclair : jamais elle n'avait éprouvé un désir aussi ardent.

— Thirio…

Elle se tut. Ses peurs et ses appréhensions resurgirent en force. Il l'avait déjà rejetée une fois.

— Allez vous coucher, Lucinda. Maintenant.

Elle ne bougea pas, certaine de lire sur ses traits la tentation qu'il tâchait d'étouffer. Il secoua lentement la tête.

— Bien. Comme vous voudrez, concéda-t-il en passant devant elle pour regagner sa chambre.

Le poignard de la déception se planta dans son cœur et dans son âme. Il la repoussait, encore.

Il ne lui restait plus qu'à tenter de trouver le sommeil et le chasser de son esprit.

Thirio parvint à rester dans sa chambre cinq minutes avant de repousser ses couvertures, résigné. Tout cet étage du château était devenu un vrai frigo. La chaleur s'était échappée par la fenêtre brisée et l'air glacial des Alpes s'était infiltré dans les chambres. Pour sa part, il pouvait s'en accommoder, mais il s'inquiétait pour Lucinda.

Il ouvrit sa porte à la volée, se dirigea d'un pas décidé vers la chambre d'amis et resta quelques instants sur le seuil, indécis. Craignant qu'elle ne meure de froid, il frappa.

— Oui ?

Sa voix lui parvint de très loin. La main sur la poignée, il hésita une seconde avant d'entrer.

Il la découvrit emmitouflée dans les couvertures, ses cheveux blonds comme une couronne au-dessus de sa tête. Ses craintes étaient justifiées et la voir ainsi lui transperça le cœur.

— Il fait trop froid pour dormir ici. Venez en bas.

— Qu'y a-t-il en bas ?

— Une cheminée, pour commencer.

Entre une chambre glaciale et la chaleur d'un feu de cheminée, elle n'hésita pas.

Elle s'extirpa des couvertures et s'en enveloppa une fois levée. Thirio ne put s'empêcher de regarder ses jambes nues, saisi par la tension. Il devait résister. Bientôt, elle repartirait. Il n'avait que quelques heures à tenir.

À cet instant, un éclair zébra le ciel nocturne et la fit sursauter. Le petit gémissement de surprise qu'elle laissa échapper attisa encore le désir de Thirio. Comment réussirait-il à l'ignorer ?

Il le faudrait, pourtant. Il tolérerait sa présence et le trouble qui les habitait tous deux. Tant qu'elle n'évoquait plus le mariage d'Evie et son idée saugrenue de le célébrer ici. Tant qu'elle ne le regardait pas avec ses grands yeux implorants. Tant qu'elle ne s'approchait pas de lui pour lui demander dans un souffle de l'embrasser.

5.

Lucinda s'étira comme un chat. Au chaud et confortable, un sourire aux lèvres, elle battit des paupières pour les ouvrir. Son regard tomba aussitôt sur le feu qui brûlait toujours dans l'âtre. Les flammes léchaient paresseusement les bûches, moins virulentes et affamées que lorsque Thirio l'avait allumé. Une autre sorte de chaleur l'envahit lorsqu'elle le vit endormi dans un fauteuil près des fenêtres qui donnaient sur l'impressionnante forêt de pins qui entourait le château. L'orage était passé. Si le ciel était toujours sombre, la pluie au moins avait cessé de tomber, et au loin elle pouvait apercevoir le bleu qui perçait.

Dans son sommeil, il était fascinant. Ses traits étaient détendus et il ressemblait davantage au jeune homme dont elle avait vu des photos sur Internet. Libre et… heureux. Son cœur se serra. Elle se sentait coupable de l'observer dans un moment de vulnérabilité aussi intime. Pourtant elle ne pouvait s'en empêcher, dévorée par la curiosité. Était-ce l'incendie ou la mort de ses parents qui l'avait rendu aussi taciturne ?

— On ne vous a jamais dit qu'il était malpoli de fixer les gens ?

Elle sursauta, honteuse d'être prise en flagrant délit. Les traits de Thirio étaient de nouveau tendus et son visage exprimait presque la méfiance.

— Je ne vous fixais pas, prétendit-elle, sur la défensive.

Malgré la couverture remontée jusque sous son menton,

elle se sentit complètement exposée, comme s'il pouvait voir à travers elle.

Lucinda ne menait pas une vie particulièrement aventureuse. Elle organisait des événements mondains en coulisses, et travaillait sans relâche pour aider sa belle-mère et ses demi-sœurs. Elle n'effectuait pas de voyages professionnels, elle n'assistait pas elle-même aux réceptions somptueuses qu'elle préparait. C'était, et de loin, la rencontre la plus étrange de sa vie.

— Oh que si !

Il ne bougea pas et pourtant tout son corps était sous tension, comme un chat prêt à bondir.

— D'accord, admit-elle au bout d'un moment. Je vous fixais. C'est un problème ?

Sa repartie le prit de court. Elle adorait le déstabiliser. Sa surprise passée, il haussa les épaules et répondit simplement :

— Je n'ai pas l'habitude, c'est tout.

— C'est parce que vous vivez en ermite.

— Vous vous êtes réveillée d'humeur très honnête ! railla-t-il, la mâchoire contractée.

— L'honnêteté est mon défaut de fabrication.

— Vraiment ?

Il la considéra, les sourcils froncés, comme pour déterminer si elle plaisantait ou non.

— Vous ne me croyez pas ? C'est pour le moins ironique !

Un soupçon de sourire étira les lèvres de Thirio, et Lucinda se rendit compte qu'elle aimait le faire sourire encore plus que le surprendre. Seigneur ! Voilà qu'elle se plaisait en sa compagnie !

Sans doute parce que c'était nouveau pour elle. Lucinda avait été isolée toute sa vie – pas par choix – et en repensant à ses quelques relations passées, son cœur s'alourdit.

— C'est aussi sans importance. Une fois que je vous aurai fait quitter ces montagnes, nous ne nous reverrons pas. Ce que je pense de vous est sans intérêt.

Lucinda tressaillit à ce résumé froid de la situation. De toute évidence, il avait hâte de se débarrasser d'elle.

— N'oubliez pas que vous êtes venue ici sous un prétexte. Votre honnêteté semble exagérée.

— Quel prétexte ?

— Vous prétendez travailler dans l'événementiel.

— C'est le cas ! s'écria-t-elle en se levant d'un bond.

La couverture tomba à ses pieds. Lucinda écarta une mèche de cheveux de devant ses yeux. Elle devait lui faire comprendre.

— Vous êtes secrétaire administrative, vous n'avez pas les qualifications pour organiser le mariage de ma sœur avec le prince de Nalvanie.

On avait sous-estimé Lucinda à de nombreuses reprises mais, bizarrement, elle se sentait particulièrement attaquée par le mépris de cet homme.

— Vous vous trompez. Je suis éminemment qualifiée.

— Parce que vous êtes aussi orpheline ?

Le terme la fit grimacer. Les mots étaient volontairement blessants ; il la repoussait.

— Pourquoi cherchez-vous à m'insulter ?

— Je ne fais que souligner ce que je vois, rétorqua-t-il en baissant malgré lui les yeux sur sa bouche.

— Vous voyez le monde à travers un filtre de cynisme.

— Vous croyez ?

— Vous le savez.

Un sourire moqueur pointa aux lèvres de Thirio.

— Je crois que vous avez décidé de ne pas m'apprécier dès que vous m'avez rencontrée.

— Vous vous êtes introduite chez moi, fit-il remarquer, à raison.

— Pas pour vous voler, répliqua-t-elle, bien décidée à ne pas se laisser faire.

— Vous ne considérez pas la vie privée comme un bien qu'on peut dérober ?

Lucinda détestait les conflits et elle parvenait en général à les éviter. C'était un de ses talents secrets, sentir le vent tourner et savoir quand s'en aller. Malgré son instinct qui lui soufflait que le moment était venu, elle campa sur ses positions.

— Je croyais que vous privilégieriez le bonheur de votre sœur. J'ai eu tort.

Elle se tut, tremblant légèrement, avant de reprendre.

— Je suis venue ici, en personne, parce que j'ai besoin…

Elle s'interrompit. Comment pourrait-elle admettre devant lui l'importance de ce contrat pour elle ? Comment l'expliquer ? Et pourquoi en prendre la peine ? Il ne changerait pas d'avis.

— C'est hors sujet, reprit-elle avant de se tourner vers la fenêtre et de constater, soulagée, que le bleu l'emportait dans le ciel. L'orage est passé. Je repars dès que possible. Excusez-moi.

Elle s'avança d'une démarche maladroite jusqu'à la porte.

— Vous n'irez nulle part, lui lança-t-il d'un ton sombre et autoritaire.

Elle se figea, le cœur battant, l'esprit troublé. Un semblant de calme retrouvé, elle se tourna lentement vers lui.

— Ah oui ?

— La route va être glissante à cause du verglas.

— Oui, eh bien, je ne vais pas rester ici toute la vie.

— Évidemment que non.

Sa réplique fusa avec une rapidité qui peina Lucinda.

— Je vérifierai l'état des routes après le déjeuner. Si c'est sans danger, vous pourrez repartir. Sinon, je vous emmènerai en hélicoptère.

Le cœur de Lucinda battait à tout rompre, des émotions contradictoires s'y mêlaient. Comment pouvait-elle ressentir un tel désir pour cet homme qui l'agaçait tant ?

— Nous n'aurons qu'à profiter de ce laps de temps pour

discuter du mariage, annonça-t-elle au bout d'un moment, bras croisés pour le défier.

Il se leva à son tour, exsudant la contrariété.

— Non. Je vous l'ai déjà dit, j'étudierai votre projet en même temps que les autres. Je ne veux pas parler du mariage de ma sœur maintenant.

— Pourquoi ? Laissez-moi vous montrer ce que j'ai envisagé. Je sais…

— Vous ne savez rien.

Ses paroles résonnèrent dans la pièce. Les yeux fermés, il secoua la tête, comme pour en chasser l'effet. Lorsqu'il la regarda de nouveau, ce fut avec un air implorant.

— Laissez tomber, d'accord ?

Non, elle n'était pas d'accord. Elle avait besoin de ce contrat. Elle avait besoin qu'il l'écoute, qu'il accepte son projet. L'idée de retourner chez elle et de voir sa belle-mère détruire l'œuvre de son père lui faisait horreur. Lucinda était partie dans les Alpes dans un seul but et elle avait l'intention de l'atteindre. C'était pour son père ; et pour elle. Son avenir et sa liberté dépendaient de sa réussite.

— Pourquoi ne voulez-vous pas en discuter ?

— Je refuse qu'il y ait des étrangers dans le château. C'est chez moi, ici. Je ne reçois pas.

Il avait haussé le ton et Lucinda sentit le rouge lui monter aux joues. Il poussa un grognement et s'avança vers elle d'un pas vif.

Il était tellement grand. Pourtant, malgré sa colère évidente, il ne lui faisait pas peur. À mesure qu'il approchait, son cœur s'emballa et elle remarqua des milliers de petits détails. L'ombre de barbe sur sa mâchoire, la fossette au coin de sa lèvre… Lorsqu'il souriait pour de vrai, l'effet devait être renversant.

— C'est aussi le château de votre sœur, non ?

Lucinda argumentait autant pour prouver son point de vue que pour le plaisir de débattre.

— Qui êtes-vous pour venir vous immiscer dans ma vie ?

Il avait raison. Qu'était-elle en train de faire ? Cela ne lui ressemblait pas du tout. Tout ceci ne la regardait pas. Son envie de décrocher ce contrat ne lui donnait pas le droit de lui parler ainsi ni de porter un jugement sur ses décisions. Le défier par jeu était une chose, mais elle risquait de gâcher toutes ses chances de réussite.

— Mon projet…

— Je me fiche de votre projet ! grommela-t-il entre ses dents. Vous avez peut-être fait des recherches, mais pas sur moi. Vous ne me connaissez pas, sinon vous sauriez que jamais le mariage de ma sœur ne se déroulera au Castile di Neve. Jamais.

Il inspira profondément, comme pour tenter d'apaiser sa colère.

— Maintenant, si vous avez une autre proposition d'organisation, dans un hôtel ou un château du sud de la France, je l'étudierai.

— Mais si ce n'est pas ce qu'elle souhaite ?

— Vous ne la connaissez pas.

— Mais vous oui, insista-t-elle avec douceur. Que préférerait-elle à votre avis ?

Il serra la mâchoire et la considéra d'un regard noir et pénétrant durant plusieurs secondes.

— C'est impossible.

— Mais…

— Proposez-moi autre chose.

Il leva une main entre eux, comme pour la calmer ou la rassurer, et la posa sur son épaule. Les yeux baissés sur ses doigts, il fronça les sourcils comme s'il ne croyait pas qu'il était en train de la toucher. Elle retint son souffle, effrayée à l'idée de montrer qu'elle désirait tellement plus.

— N'importe quoi d'autre, ajouta-t-il d'une voix profonde qui l'enveloppa.

Lucinda n'avait aucune envie de lui présenter un projet

quelconque, elle voulait réussir. Ce n'était qu'un travail, certes, mais celui-ci avait le pouvoir de changer sa vie. Elle préparerait autre chose, elle était douée pour organiser des événements. Ce ne serait pas aussi parfait mais ce serait tout de même mieux que ce qu'imagineraient ses concurrents.

— D'accord, accepta-t-elle tout bas.

Il relâcha lentement son souffle, son soulagement visible. Il laissa sa main sur son épaule. Ce contact électrisa Lucinda, la chaleur irradiait dans tout son corps qui, de lui-même, se pencha vers Thirio.

Il laissa échapper un grognement.

— Mais je refuse de l'envoyer par e-mail, continua-t-elle. Je vous le présenterai en personne.

— Non.

— Pourquoi ?

Ils étaient si proches qu'ils se touchaient. Elle leva la tête vers lui, accrocha son regard.

— Parce que je ne souhaite pas vous revoir.

En contradiction avec ses paroles, il effleura ses lèvres des siennes, si furtivement qu'elle crut l'imaginer. Elle voulut se reculer mais la main sur son épaule la retenait et une autre vint se placer dans le creux de ses reins pour l'attirer plus près. Le baiser qu'il lui donna alors était bien réel, avide, comme une réponse à la faim qui la tenaillait depuis leur rencontre.

Contrairement à quelques secondes avant, Thirio ne semblait plus sur la réserve ; il s'abandonnait pleinement à la passion.

Il la prit dans ses bras et la porta dans le salon sans rompre leur baiser. Les émotions se bousculaient dans le cœur de Lucinda. Ce comportement était inhabituel pour elle, mais céder à l'impulsion était tellement bon. Il la déposa sur le canapé, s'allongea sur elle.

— Pourquoi êtes-vous venue ?

La question était rhétorique ; il la posa tout en attrapant

l'ourlet du pull qu'elle portait pour le relever. Ses doigts qui couraient sur sa peau lui donnaient des frissons et l'excitation la gagna quand il caressa le tissu de son soutien-gorge.

— Je ne devrais pas…, marmonna-t-il en lui ôtant le pull, qu'il jeta par terre.

Il ne termina pas sa phrase. À la place, il se redressa et la contempla avec une expression indéchiffrable.

Elle ignorait ce qu'il attendait, en revanche elle savait qu'elle le désirait de tout son être.

— Si, au contraire.

Elle s'assit et l'attira contre elle en l'embrassant avec fougue. Lorsqu'elle glissa la main sous son T-shirt, il tressaillit et arrêta son geste en accentuant la pression sur ses lèvres. Jamais elle n'avait autant désiré un homme que Thirio à cet instant.

— Nous ne coucherons pas ensemble, dit-il comme pour lui-même.

Ces mots la frappèrent tel un coup de fouet. Elle se figea, avant de resserrer leur étreinte, l'invitant à suivre l'appel de son corps qui démentait visiblement ses paroles. Il ferma les yeux, comme près de céder, puis une détermination farouche se peignit sur ses traits.

— Je ne peux pas.

Il colla alors sa bouche contre la sienne puis descendit plus bas, effleurant de ses lèvres sa gorge puis la naissance de ses seins.

— Thirio…, murmura-t-elle de plaisir, encore blessée par son refus de coucher avec elle.

Jusqu'à ce qu'il prononce les mots, elle n'avait pas eu conscience que c'était ce qu'ils se préparaient à faire depuis que leurs regards s'étaient croisés, quand un désir incandescent s'était allumé en elle pour la consumer, réclamant d'être assouvi.

Il s'empara de son sein avec ardeur, éveillant un millier de sensations en elle.

— Thirio, répéta-t-elle.

Comme elle aimait son prénom ! Le prononcer était un délice, tout comme la réaction du concerné. Il poursuivit ses baisers plus bas, sur son ventre puis sous l'élastique de sa culotte. L'incrédulité la gagna un bref instant, vite remplacée par un feu brûlant qui embrasa tout son corps quand il se mit à l'embrasser avec douceur entre les cuisses.

Ses caresses étaient une exquise torture qu'elle n'avait encore jamais connue et, lorsqu'elle y succomba, tout son être explosa. Alanguie et enfiévrée, elle prononça à nouveau son prénom, cette fois comme une supplique. La main posée sur son cœur battant qu'elle sentait à travers le coton de son T-shirt, elle murmura :

— J'aimerais…

Il serra les lèvres et secoua lentement la tête.

— Je ne peux pas.

Comment pouvait-il refuser d'assouvir ce désir qu'il avait éveillé en elle et qu'elle ressentait chez lui aussi ? Troublée par sa soif de lui, elle parvint seulement à lui demander pourquoi. Mais il se contenta de s'écarter pour se relever, son brusque éloignement causant une douleur presque physique à Lucinda.

— Quand tu seras prête, je te ramènerai en ville.

Un sentiment d'impuissance incommensurable s'empara d'elle. Après ce qu'il venait de se passer, il la congédiait. Avait-il des regrets ? Elle se redressa, réajusta son soutien-gorge, chercha à lire des réponses dans son regard.

— J'ai ma voiture, je peux conduire.

— La route sera encore verglacée.

« Dans ce cas, j'attendrai », voulut-elle répliquer, sans succès. Elle était incapable de formuler ses pensées, sonnée par l'incompréhension.

— Écoute… Ça n'aurait pas dû arriver.

Elle se liquéfia.

— Tu n'as pas apprécié.

— Ce n'est pas la question.

L'idée qu'il n'avait pas partagé le plaisir indescriptible qu'elle-même avait ressenti la plongea dans l'embarras.

— Je ramènerai ta voiture quand la route sera plus sûre.

— Minute papillon, l'interrompit-elle en retrouvant ses esprits. J'en suis restée au fait que « ça n'aurait pas dû arriver ». La voiture me paraît un peu hors sujet, là.

Il la considéra de son regard intense, sans froideur ni férocité mais d'un air implorant. Son cœur se serra.

— Je n'ai pas l'habitude de séduire de belles et innocentes inconnues qui trouvent refuge chez moi.

— Tu crains d'avoir profité de moi ? s'étonna-t-elle en soutenant son regard. Rassure-toi, ce n'est pas le cas. J'étais tout à fait consentante.

— Je sais, dit-il d'un ton bourru. Mais je n'aurais pas dû.

— En quoi ce qu'il vient de se passer est-il si terrible ?

— Tu ne crois pas que coucher avec quelqu'un est important ?

Il avait retrouvé son cynisme et son ton railleur.

— Nous n'avons pas couché ensemble.

— Non. Mais nous l'aurions fait si je n'avais pas arrêté.

— C'est vrai, reconnut-elle car il ne servait à rien de nier.

— Et ça ne t'aurait pas dérangée ? insista-t-il, indéchiffrable.

— T'ai-je demandé d'arrêter ?

— Parce que, toi, tu as pour habitude de coucher avec des inconnus ?

Elle fronça les sourcils. Non, ce n'était pas son genre, mais elle n'avait pas forcément envie de s'en expliquer.

— Tu te permets de juger alors que tu as accumulé les conquêtes dans ta jeunesse ?

L'expression fermée, Thirio garda le silence quelques instants. Tout son corps en revanche, sa mâchoire crispée, la noirceur de ses yeux, hurlait.

— Je ne suis plus cette personne, répondit-il lentement.

Lucinda devinait la raison de ce changement. À l'évidence, il ne souhaitait pas parler de l'incendie et elle n'allait pas l'y forcer. En revanche, il lui paraissait juste de discuter de ce qu'il venait de se passer entre eux.

— Ni toi ni moi ne sommes volages. Je ne séduis pas les clients potentiels avec lesquels je me retrouve coincée, peu importe combien ils sont sexy. Jamais. Mais il y a clairement quelque chose entre nous et je trouve dommage de l'ignorer.

— Qu'est-ce que tu envisages ?

Elle réfléchit. Une relation ? Non, ce n'était pas ce qu'elle souhaitait. Et encore moins avec un homme comme Thirio. Pour l'heure, tout ce qui comptait pour elle, c'était récupérer la société de son père et en redorer le blason. Son père le méritait. Une aventure la ferait dévier de son objectif.

— Je n'envisage rien de particulier. Je crois seulement que nous n'avons pas mal agi.

— Bien.

Il approuvait sans conviction, dans le seul but de se débarrasser d'elle. La colère la gagna. Ça ne représentait donc rien pour lui ? Était-ce à dire que ça représentait quelque chose pour elle ? Cette question la troubla. Machinalement, elle se mit à caresser son pendentif.

— Je ne cours pas après une demande en mariage, dit-elle au bout d'un moment. Mais j'ai apprécié le temps passé ensemble. J'ai aimé t'embrasser et j'aurais souhaité apprendre à te connaître. J'aurais aimé…

Elle se tut, trop gênée pour terminer sa phrase.

Thirio serra la mâchoire. Les émotions irradiaient de son corps alors même qu'il restait imperturbable en apparence.

Le silence tomba entre eux, pesant. Elle fit un pas en arrière, résignée à en rester là, quand il prit enfin la parole.

— Ça n'aurait pas dû arriver.

Elle ouvrit la bouche, prête à protester, mais à quoi bon ? Elle savait d'expérience qu'il était impossible de changer l'opinion que les autres se faisaient d'elle. De les forcer à l'aimer, à la protéger, voire à la remarquer. Sa belle-mère s'était chargée de lui enseigner le rejet et le mépris.

— D'accord, répondit-elle avec un haussement d'épaules pour feindre l'indifférence. Je vais récupérer mes affaires.

Elle pivota et s'éloigna, la tête lui tournait et son cœur saignait. Il n'était pas le premier à lui donner l'impression d'être une moins-que-rien, et il ne serait pas le dernier. Mais après le moment de plaisir euphorique qu'il lui avait offert, la douleur était particulièrement amère.

6.

Trois jours après le départ de Lucinda, il jeta enfin un coup d'œil à son fichu projet. La proposition d'organisation pour le mariage de sa sœur dont elle était si fière.

Le dossier était resté sur le plan de travail de la cuisine depuis qu'elle le lui avait remis et il l'avait sciemment ignoré, partagé entre la fureur que lui inspirait sa suggestion d'ouvrir sa demeure à des centaines d'étrangers et sa curiosité. Elle semblait convaincue de la valeur de son idée et du bien-fondé des efforts qu'elle avait fournis ; venir jusqu'à lui, l'attendre, rester à l'approche de l'orage, lui tenir tête, ce que personne n'osait jamais faire.

La curiosité l'emporta. Une bière à la main, il considéra le dossier de longues secondes avant de l'ouvrir.

Aussitôt, il entendit sa voix. Chaque mot qu'il lisait résonnait de son timbre comme si elle lui parlait directement au creux de l'oreille.

Il nota ensuite la mise en page claire et professionnelle, qui détaillait la logistique, les coûts et les différentes possibilités de traiteurs selon les options choisies. Lucinda affirmait n'être qu'une secrétaire mais, au vu de cette présentation, ses talents s'étendaient bien au-delà.

À la lecture de son projet, Thirio sut qu'elle avait entièrement raison. Evie ne pourrait rêver mieux pour célébrer son mariage.

Il termina sa bière, le regard rivé sur le bleu du ciel au-dehors.

Par ses actes, il avait privé sa sœur de ses parents, et il s'était retiré de sa vie. Il avait passé les six dernières années caché dans un château au sommet d'une montagne, dans un purgatoire qu'il s'imposait à lui-même. Sa sœur avait malgré tout réussi à devenir une belle et intelligente jeune femme, et à trouver le bonheur auprès d'un homme qui la vénérait.

Thirio avait le pouvoir de réaliser ses rêves. De lui offrir le mariage qu'elle méritait dans le château qu'avait toujours chéri leur famille.

Il devait seulement surmonter ses propres névroses et accepter. Pour Evie. Il lui devait bien ça.

— Il y a un type incroyablement sexy qui t'attend en bas.

Lucinda leva les yeux sur sa demi-sœur.

— Qui est-ce ?

— Aucune idée. Je serais ravie de m'occuper de lui, répondit Carina en s'éventant le visage de la main.

Lucinda fut tentée d'accepter. Elle croulait sous le travail qui s'était accumulé pendant son bref séjour en Suisse et dont personne évidemment ne s'était chargé en son absence. Pourquoi l'auraient-ils fait, alors qu'elle était là pour tout arranger ?

Elle referma dans un bruit sourd le tiroir du caisson métallique. Le mobilier aurait eu besoin d'être remis à neuf mais sa belle-mère utilisait le moindre bénéfice obtenu pour financer son mode de vie luxueux. Les affaires stagnaient, et si Lucinda ne trouvait pas rapidement une solution, ce serait la fin de l'œuvre de son père.

Elle considéra Carina, dans l'embrasure de la porte. C'était celle de ses deux demi-sœurs qu'elle préférait. Moins obnubilée par son apparence que Sofia, elle se montrait même courtoise avec Lucinda quand sa mère et sa sœur n'étaient pas dans les parages. Elle avait aussi la grande qualité de ne pas avoir séduit le petit ami de Lucinda, contrairement à Sofia.

— C'est bon, répondit-elle, un sourire pincé aux lèvres. Je devais faire une pause de toute façon.

Elle était surtout curieuse de découvrir qui était son visiteur.

Carina aussi, apparemment, car elle lui emboîta le pas et la suivit comme son ombre dans l'escalier.

En bas, Lucinda fouilla l'accueil des yeux en quête du visiteur et tomba sur la seule personne au monde qu'elle pensait ne jamais revoir. Son cœur rata un battement. Leurs regards se croisèrent ; il se leva. L'air autour d'eux se chargea de tension, tout son corps s'électrisa. Le monde sembla s'immobiliser et Lucinda perdit conscience de tout ce qui l'entourait.

Seul Thirio Skartos existait. Son visage, son corps, le costume hors de prix qu'il portait et qui lui rappela le jour de leur rencontre, son expression intense, ses caresses.

— Bonjour, dit-elle, le timbre rauque, avant de s'éclaircir la voix.

— Lucinda.

Un frisson de plaisir la traversa en l'entendant prononcer son prénom.

— Y a-t-il un endroit où nous pourrions discuter en privé ? demanda-t-il après avoir jeté un regard méfiant derrière elle.

— Heu…

Elle était complètement décontenancée par ce brusque revirement de situation. Le sourcil interrogateur qu'il lui adressa lui fit reprendre ses esprits.

— Bien sûr.

Elle fit volte-face, manqua percuter Carina dont elle ignora les questions muettes. Elle n'avait aucune envie de lui présenter Thirio et se doutait que celui-ci préférait rester discret. Elle en eut confirmation lorsqu'elle entendit la réceptionniste marmonner à Carina dans son dos :

— Je n'en sais rien ! Il n'a pas voulu me donner son nom !

Elle guida Thirio dans l'escalier avec une conscience aiguë de sa présence derrière elle, de sa proximité, de la possibilité, s'il le voulait, de la toucher, de combien elle en avait envie.

— Nous pouvons discuter ici, annonça-t-elle en ouvrant la porte de la salle des archives.

— Tu n'as pas de bureau ?

— Pourquoi m'en faudrait-il un ? répondit-elle avec une grimace en se détournant pour se ressaisir.

— C'est vrai. Tu n'es pas organisatrice d'événements.

Lucinda se crispa à cette remarque.

— Pas techniquement.

— Non.

Il la considéra comme en quête de réponses à des questions qu'il ne lui posait pas. La tension qui nouait l'estomac de Lucinda devint insupportable.

— Bon…, dit-elle au bout de ce qui lui sembla une éternité. Que puis-je faire pour vous, monsieur Skartos ?

— C'est un peu formel, non ? s'étonna-t-il.

« Compte tenu de ce que nous avons partagé », semblait-il ajouter en silence.

— Bien. Thirio, reprit-elle, troublée, d'une voix presque assurée. Que puis-je faire pour toi ?

— Je suis venu discuter du mariage d'Evie.

— Je travaille toujours sur une nouvelle proposition. Je pourrai te la faire parvenir d'ici la fin de la semaine.

— Non, répondit-il de ce ton sec qu'elle commençait à connaître.

— Tu n'as pas fait tout ce chemin pour me demander de ne rien te soumettre ? Ce n'est pas à cause de ce qu'il s'est passé chez toi tout de même ?

Il la considéra d'un air songeur quelques instants.

— Non, ce n'est pas ça.

— Dans ce cas, je peux te proposer un autre projet ? J'ai plusieurs idées qui devraient plaire à ta sœur.

Il croisa les bras, comme en proie à une lutte intérieure.

— J'en doute, répondit-il.

— Que fais-tu ici, alors ? s'enquit-elle tandis que sa frustration se transformait en agacement.

Ce mariage était son ticket pour une meilleure vie, elle en avait désespérément besoin.

— Tu m'as mal compris.

Il fit quelques pas et, dos tourné, poursuivit :

— J'ai étudié ton projet.

Elle ne s'attendait pas à ça !

— Vraiment ?

— Hier, oui.

Elle patienta, le cœur au bord des lèvres. Elle savait qu'il avait détesté. Le château était son refuge. Elle s'était laissé emporter par son idée du mariage rêvé d'Evie sans prendre en considération l'impact sur Thirio. C'était voué à l'échec.

— Je suis désolée…, dit-elle.

Au même instant, il se tourna vers elle et murmura :

— C'est parfait.

Lucinda crut avoir mal compris. Il était inimaginable que l'homme qui avait refusé la simple suggestion de recevoir du monde dans son château trouve maintenant le projet parfait.

— Je suis désolée, répéta-t-elle sur un autre ton. Est-ce que tu viens bien de dire…

Il hocha la tête en silence.

— Mais tu détestais cette idée !

— Je la déteste toujours, reconnut-il d'un air peiné dont elle ne comprenait pas la raison. Mais Evie va adorer, et je veux qu'elle ait le mariage qu'elle désire.

Il fit un pas vers elle.

— C'est précisément ce que tu lui proposes, et ce que tu lui offriras, une fois que je l'aurai validé.

La tête et les yeux emplis d'étoiles, Lucinda s'exclama :

— Tu es sérieux ?

Elle sentit une vague de soulagement déferler en elle, un sentiment qu'elle n'avait pas connu depuis longtemps. Les choses allaient pouvoir s'arranger, la douleur de la perte de son père serait toujours présente mais au moins elle pourrait lui faire honneur en sauvant son entreprise.

— Oui.

Sa réponse était crispée, comme forcée, et malgré l'enjeu pour elle, le doute la gagna.

— Écoute, Thirio…

Elle s'approcha, posa la main sur son torse. Bizarrement, le geste lui parut naturel.

— Je peux préparer autre chose. J'ai beaucoup appris sur ta sœur au cours de mes recherches et je suis capable de lui organiser des noces ailleurs qu'au Castile di Neve.

Il soutint son regard, pourtant il paraissait ailleurs.

— Quand Evie était enfant, elle était maltraitée à l'école.

— Je l'ignorais, commenta Lucinda, une boule au ventre.

Il poursuivit comme si elle n'était pas intervenue.

— C'était très cruel. Elle était beaucoup plus petite que les autres filles et, scolairement, elle avait du mal à suivre. Quand mes parents ont finalement compris qu'elle était dyslexique, il était trop tard, elle se croyait déjà stupide. Je me souviens d'un Noël au château où je l'ai trouvée en larmes dans sa chambre. Elle pleurait à cause d'un mot d'insultes qu'une de ses prétendues camarades de classe avait glissé dans son manuel. Evie m'a alors raconté que le château était le seul endroit au monde où elle se sentait à l'abri de la méchanceté des autres.

— C'est terrible, déclara Lucinda, attristée.

— Je l'ai emmenée dans la forêt et nous avons fabriqué une luge ensemble. Pendant deux jours, nous y avons travaillé, et pendant ce temps, je lui posais des questions sur ces enfants qui la tyrannisaient et ce qu'ils lui disaient.

Au début, elle est restée silencieuse, mais peu à peu elle s'est confiée. J'ai appris les horreurs qu'ils lui faisaient subir alors que je n'avais rien remarqué. Ma sœur se montrait si courageuse, à tout garder pour elle. Elle est comme ça.

Lucinda accueillit ses paroles d'un hochement de tête. Elle ignorait pourquoi il partageait ces confidences avec elle mais elle aimait l'écouter.

— Je n'ai pas toujours été présent pour elle. En fait, j'étais plutôt un grand frère minable en général. Mais ce jour-là, quand je l'ai regardée s'amuser sur cette luge que nous avions fabriquée ensemble, que j'ai vu son visage s'éclairer de bonheur, qu'elle a ri comme elle n'avait pas ri depuis longtemps, je me suis juré de tout faire pour qu'elle soit toujours aussi heureuse. Et j'en ai la possibilité, là. Je veux lui offrir le mariage de ses rêves.

— Mais je peux…

Il l'interrompit en posant un doigt sur sa bouche. Son regard s'assombrit quand il la toucha.

— Tu as déjà imaginé le mariage idéal. Ou presque.

Ses lèvres s'étirèrent en un sourire narquois.

— Comment ça, presque ? demanda-t-elle d'une voix rauque, saisie par l'émotion.

— Il y a des changements, principalement de logistique. Des considérations que tu ne pouvais pas prendre en compte. J'ai également des suggestions concernant l'hébergement. Là encore, tu ne connais pas le château comme moi et tu ignorais donc combien de chambres pouvaient être mises à disposition.

— Je ne savais pas si tu accepterais…

— C'est normal, poursuivit-il, imperturbable. Mes parents avaient l'habitude d'organiser de grandes réceptions tous les ans, avant leur…

Sa voix s'éteignit, la compassion envahit le cœur de Lucinda.

— J'aimerais discuter de la logistique avec toi, dit-elle

pour le tirer de ses sombres réminiscences. Tu as le temps maintenant ?

— Je dois me rendre à un autre rendez-vous, mais serais-tu libre ce soir ?

— Ce soir ? répéta-t-elle, incrédule et enthousiaste.

La tension emplit l'air entre eux. Un accord silencieux. Un risque, une tentation.

— Ce sera purement professionnel, assura-t-il.

Lucinda n'était pas rassurée, elle était frustrée. Chaque cellule de son corps irradiait du besoin de l'embrasser, de le sentir, de le toucher.

Mais elle devait se refréner. Ce serait de la folie d'entamer une quelconque relation avec lui maintenant. Il était son sauveur. Ce mariage lui donnait la possibilité d'accomplir ses rêves. Elle ne pouvait pas se permettre d'assouvir les sentiments forts et irrépressibles qu'il lui inspirait. Pas sans mettre en péril leur présent accord.

S'ajoutant à ces pensées, une autre plus désagréable vint l'inquiéter.

— Thirio, tu n'acceptes pas mon projet pour une autre raison, n'est-ce pas ?

— Comme quoi ? demanda-t-il avec sincérité.

Le rouge aux joues, elle répondit :

— À cause de ce qu'il s'est passé entre nous. Ce n'est pas pour, je ne sais pas… Compenser ?

— Le devrais-je ?

— Non ! Justement ! Comme je te l'ai dit ce matin-là, ce que nous avons fait était mutuel. Enfin, pas tout à fait, mais tu comprends ce que je veux dire.

Le sourire qu'il esquissa surprit Lucinda. Il fut aussi bref que lumineux. Mais très vite, le cynisme étira de nouveau ses traits.

— Non, Lucinda. Je suis ici parce que j'ai pris le temps de lire ton projet comme tu m'avais demandé de le faire avec tant de fougue. Et je ne regrette pas, parce que tu avais raison. Les détails auxquels tu as songé sont impressionnants. Je sais qu'Evie va adorer.

Lucinda en avait eu la conviction et l'entendre de la bouche de Thirio lui réchauffa le cœur. Malgré tout le travail et les efforts qu'elle fournissait pour l'entreprise, on ne l'en remerciait jamais.

— Il y a une chose que je ne comprends pas, dit-elle après un bref silence.

— Oui ?

— Comment se fait-il qu'elle t'ait demandé à toi de t'occuper de son mariage ? Après tout, il est évident que ce n'est pas ta tasse de thé, et d'habitude la future mariée se jette à corps perdu dans les préparatifs. Pourquoi pas Evie ?

Il s'apprêta à répondre mais se retint. Puis, avec un hochement de tête, il annonça :

— Nous en discuterons ce soir.

Un frisson de plaisir la parcourut à cette idée.

— D'accord. Où et à quelle heure ?

Il lui indiqua l'adresse d'un grand hôtel dans le centre de Londres et ajouta :

— Pour 20 heures ?

— Parfait. Rendez-vous est pris.

7.

C'est un rendez-vous professionnel, se répéta-t-elle pour la énième fois ce soir-là en franchissant les portes à tambour de l'hôtel de luxe. Elle n'était pas assez bien habillée pour l'endroit, mais comment l'aurait-elle pu ? Lucinda ne possédait pas de tenue assez chic. Elle avait revêtu son pantalon noir préféré et un chemisier gris en soie avec un nœud à l'encolure. Le tout agrémenté de ballerines aux pieds et de sa mallette en cuir à la main. C'était son porte-bonheur et elle pressentait qu'elle aurait besoin de chance ce soir !

Pas pour décrocher le contrat – elle était sûre que c'était dans la poche – mais pour survivre à une heure ou plus de discussion logistique avec Thirio. Elle balaya la réception du regard, ne le vit nulle part. Un peu nerveuse, elle s'installa dans un fauteuil pour l'attendre et sortit son dossier pour relire son projet. Elle avait également apporté sa deuxième proposition au cas où il souhaiterait l'étudier. Maintenant qu'il avait accepté sa première idée, elle éprouvait des scrupules à lui avoir forcé la main. Il tenait à sa vie privée et elle se sentait coupable à la perspective de l'envahir davantage.

— Mademoiselle Villeneuve ?

Elle leva la tête, un sourire aux lèvres. D'une beauté naturelle, Lucinda se voyait pourtant répéter depuis des années par sa belle-mère et ses demi-sœurs qu'elle était banale et sans attrait, ce qu'elle avait fini par croire. Elle ne remarqua donc pas l'œil appréciatif que l'homme posa sur elle.

— Oui ?

— M. Skartos va vous recevoir dans sa suite maintenant. Si vous voulez bien me suivre.

Elle se leva, perplexe, et suivit l'inconnu aux tempes grisonnantes jusqu'à l'ascenseur.

— Vous travaillez pour Thirio ? demanda-t-elle, avec une curiosité qui n'avait rien de professionnel.

— Oui. Je suis son assistant personnel en ce qui concerne ses affaires au Royaume-Uni, répondit l'homme, amusé.

— Il mène beaucoup d'affaires ici ?

— Suffisamment pour bien m'occuper, répliqua-t-il avec un clin d'œil en entrant dans la cabine.

Il scanna une carte d'accès et, les portes refermées, ils se mirent aussitôt à monter.

Sa réponse soulevait encore plus de questions mais Lucinda devait se concentrer sur le mariage et pas sur ce qu'elle désirait découvrir sur Thirio.

— Je m'appelle Lucinda, au fait.

— Travis.

Devinait-il sa nervosité ? Elle prit une profonde inspiration pour tenter de se calmer, tout en s'interrogeant : son émoi était-il dû à l'enjeu tant professionnel que personnel de ce rendez-vous ou à l'excitation de revoir Thirio, cette fois dans l'intimité de sa chambre d'hôtel ? Les deux sans doute, et surtout la dernière possibilité.

L'ascenseur s'ouvrit sur un couloir recouvert de moquette. Travis la conduisit devant l'une des deux portes, toqua et poussa le battant avant de s'écarter pour la laisser passer.

Elle avait beau savoir que l'établissement était huppé, rien ne l'avait préparée à la vue époustouflante sur Knightsbridge depuis les grandes fenêtres de la suite du dernier étage.

— Passez une bonne soirée, Lucinda, lui souhaita Travis en la laissant dans le magnifique salon.

Elle s'avança vers les fauteuils, en caressa l'accoudoir rembourré, avant de gagner la baie vitrée qui donnait sur une terrasse. Elle voulut sortir mais Thirio, à l'extérieur, la devança. Ils se retrouvèrent face à face, séparés seulement par la vitre. Lucinda recula à la hâte, sa mallette serrée contre elle pour se protéger.

Il ouvrit la fenêtre et l'air chaud de la nuit entra dans la pièce, l'enveloppant comme une couverture.

— J'adore cette période de l'année, dit-elle sans préambule.

— Pourquoi ?

— Ça me rappelle les vacances d'été.

Elle sourit à cette évocation.

— Tu viens ? dit-il en l'invitant sur la terrasse.

Comme elle le regardait d'un air nerveux, il ajouta :

— Je ne mords pas.

Dommage, songea-t-elle malgré elle avant de se ressaisir. Elle était sûre qu'il avait deviné sa pensée ou eu la même.

Elle le rejoignit sur le balcon qui courait sur toute la façade de la suite et s'ornait de géraniums qui retombaient en cascade sur la balustrade. Des pots de marguerites étaient disposés çà et là, et des spots de lumière turquoise illuminaient un petit bassin.

— Où allais-tu pour les vacances d'été ?

Sa main se serra sur la poignée de sa mallette.

— Quand j'étais petite, mon père m'emmenait en Cornouailles, toujours dans la même maison près d'une crique, décorée de coquillages partout. Je rêvais que j'étais une sirène, avoua-t-elle avec un rire. J'adorais cet endroit. L'air embaumait l'iode et le soleil, et la nuit, le ciel était si clair qu'on voyait toutes les étoiles.

Elle se tourna vers lui et croisa son regard posé sur elle d'une manière qui la fit tressaillir.

— Que faisais-tu pendant tes vacances ?

— Rien de particulier. Nous nous promenions en mangeant une glace, l'après-midi. Je me rappelle le cri des mouettes au-dessus des bateaux de pêcheurs, et les poissons qui s'agitaient dans les filets. Il y avait un chat noir dans la maison, Benedict. Il adorait qu'on le gratouille entre les oreilles. Le soir, nous allions dîner dans un pub en bord de mer. Je prenais toujours du poisson avec des petits pois et de la sauce. J'adorais ça !

Elle esquissa un sourire mélancolique.

— Après la mort de mon père, tous ces souvenirs ont revêtu une nouvelle signification.

Elle ne pouvait pas regarder Thirio : elle craignait de se laisser submerger par l'émotion qui lui serrait la gorge et elle refusait de pleurer devant lui. Si elle l'avait fait, elle aurait vu cependant qu'il contemplait d'un air songeur le panorama exceptionnel.

— Quand j'ai appris les fiançailles d'Evie, j'ai dévoré toutes les interviews qu'elle avait accordées. C'est bizarre, je sais, mais je voulais être préparée, car les mariages sont si personnels. Dès la première interview, j'ai senti une véritable affinité avec elle et ce qu'elle avait traversé, ou ce qui lui manquait plutôt. Parce que je vis la même chose.

Elle se tourna vers lui, s'efforçant au mieux de maîtriser son trouble. Il se tenait de profil, absorbé dans la contemplation de la ville.

— Je le ressens, juste là, dit-elle en posant les doigts entre ses seins sans savoir pourquoi elle tenait tant à ce qu'il comprenne.

Il se tourna lentement vers elle. La force que dégageaient ses traits ciselés lui coupa le souffle : son visage était si beau et ses yeux si tristes qu'elle voulait plus que tout le réconforter. Thirio avait autant perdu que sa sœur. Si Evie avait évoqué ouvertement la mort de ses parents et son impact sur elle, Thirio, lui, s'était muré dans le silence. Il avait disparu de la scène publique. Sa mise en retrait, plutôt que le signe d'une indifférence, était la confirmation de sa souffrance.

Se confierait-il à elle ? Lui ouvrirait-il les portes de son âme si elle l'y encourageait ? Ou se renfermerait-il pour redevenir l'homme bourru et en colère, la bête qu'elle avait rencontrée ce premier jour au château ?

— Je n'ose imaginer combien ça a dû être difficile pour vous deux, dit-elle d'une voix douce pour lui laisser la possibilité de changer de sujet.

— Vraiment ? Il me semble que tu comprends parfaitement ce que nous avons traversé. Ton monde a dû s'effondrer à la mort de ton père, vous étiez si proches.

— Je me suis sentie très seule, reconnut-elle.

— Et ta belle-mère ? poursuivit-il en plongeant son regard dans le sien. A-t-elle été présente après la mort de ton père ?

La mort, pas la disparition ni la perte. Thirio n'employait pas d'euphémisme, il était franc et direct. Il connaissait cette douleur et s'adressait à son égale, une personne qui portait le même fardeau.

— On pourrait dire ça.

Par nature, Lucinda n'aimait pas dénigrer les gens. La vie était trop courte pour garder rancœur, voilà ce que son père répétait. C'était en sa mémoire qu'elle avait pardonné tant de fois à sa belle-mère, qu'elle avait fait profil bas et s'était concentrée sur le travail pour que la société prospère.

— Mais pas présente pour toi, insista-t-il.

— Je suppose que non. Mais je suis sûre qu'elle a fait de son mieux, compte tenu de sa… personnalité, conclut-elle en détournant les yeux.

— Tu es incapable de dire du mal de quelqu'un, n'est-ce pas ?

Sa voix était teintée de surprise, pourtant il semblait parfaitement la comprendre.

— Ce n'est pas tout à fait vrai, murmura-t-elle. J'ai souvenir de t'avoir lancé quelques méchancetés quand j'étais chez toi.

— Toutes méritées.

— Attention, Thirio, ça ressemble presque à des excuses, répondit-elle aussitôt sur le ton de la plaisanterie.

Il lâcha un rire bref, dépourvu d'humour.

— Pas du tout, dit-il en approchant son visage du sien. N'oublions pas que tu étais une invitée indésirable.

Indésirable. Ce qu'elle avait été toute sa vie. Ces mots avaient été prononcés avec une pointe d'ironie mais ils n'en étaient pas moins blessants. Ce n'était pas la faute de Thirio, mais de dix ans d'humiliations et de mauvais traitements.

— Bref, reprit-elle après s'être éclairci la voix pour se ressaisir. Je suis venue discuter du mariage de ta sœur, pas de ma vie personnelle.

— Malgré tout, je m'interroge beaucoup sur ta vie personnelle, répliqua-t-il avant de se taire brusquement, comme regrettant ses paroles.

— Vraiment ?

Il hocha brièvement la tête.

— Quel genre d'interrogations as-tu ?

— Je me demande si tu es célibataire ou si tu as quelqu'un.

Elle haussa les sourcils, de surprise et aussi de contrariété.

— Tu crois que je t'aurais laissé m'embrasser si j'avais un copain ?

— Je ne te connais pas, répondit-il avec prudence.

— Tu me connais un peu. Tu sais que je suis honnête, rappelle-toi.

Il acquiesça, la couvant d'un regard puissant qui la fit chavirer.

— Tu sais aussi que je peux être un peu insistante quand c'est important.

Une lueur brilla dans ses yeux.

— Et je sais comment tu es quand tu prends du plaisir, dit-il d'une voix rauque et chaude.

— Thirio…

— Tu es si belle.

Elle sursauta à ces mots auxquels elle ne croyait pas.

— Tu n'es pas obligé de dire ça.

Les yeux plissés, il posa délicatement le pouce sur les

lèvres de Lucinda. D'un geste lent, il se mit à les caresser, suivant son mouvement d'un regard avide.

— Pourquoi pas ? C'est la vérité.

Vraies ou pas, ses paroles opéraient leur magie sur elle. Elle se laissa pénétrer de leur douceur.

— J'avais juré que ça n'arriverait pas.

Elle cilla, tenta de se concentrer sur ses traits mais ils étaient trop près l'un de l'autre.

— Pourquoi ?

La simplicité de la question n'ôtait rien à la complexité de la réponse. Il marqua une hésitation, son souffle chaud sur sa peau.

— C'est important ? De toute façon, je vais apparemment briser mon serment.

Un frisson de plaisir la parcourut mais elle ne s'abandonna pas au désir de plus en plus fort.

— Ça l'est pour moi. Tu m'as repoussée la dernière fois. Je pense avoir le droit de savoir pourquoi.

Il se crispa, comme s'il comprenait enfin son insistance.

— Est-ce que je t'ai blessée ? demanda-t-il sans aucune pointe de sarcasme mais une sincérité réelle qui la toucha.

— Oui, répondit-elle en toute franchise. Comme je te l'ai dit ce matin-là, je ne courais pas après une demande en mariage, mais tu m'as complètement rejetée. Je me suis sentie…

Indésirable. Mise à l'écart. Le dire à voix haute signifiait se confier sans retenue. Elle préféra conclure d'un haussement d'épaules.

— Insignifiante.

Il lâcha un rire incrédule.

— Si je t'avais trouvée insignifiante, j'aurais couché avec toi.

— Mais qu'est-ce que ça veut dire ?

— Tu es de toute évidence douce, et gentille, et assez

inexpérimentée. Et je ne suis pas le prince charmant que tu mérites.

Ses compliments se noyèrent dans le tourbillon de pensées qui embrumait son esprit.

— Je ne cherche pas de prince charmant. Je n'y crois même pas.

Elle avait appris à ses dépens que les contes de fées n'étaient que pure invention de l'enfance.

— C'est pourtant l'image que tu renvoies.

Il s'approcha encore, posa une main sur sa hanche.

Le contact était des plus légers, empli de respect, mais il embrasa sa peau.

— Tu te trompes.

— À propos de ça ?

Il baissa les yeux sur ses lèvres ; son cœur s'emballa. Elle avait tellement envie qu'il l'embrasse que c'en était douloureux.

— Non, pas à propos de ça, répondit-elle en secouant lentement la tête.

Une lueur qu'elle ne déchiffra pas brilla dans le regard de Thirio.

— Qu'y a-t-il chez toi ?

— Comment ça ?

— Jamais encore je n'ai voulu…, commença-t-il avant de s'interrompre, désabusé. Je ne devrais pas…

— Pourtant tu en as envie.

Il s'approcha encore, le regard brillant d'un feu intense.

— Je veux des choses dont j'ai juré de me détourner. Je veux te prendre dans mes bras et te porter jusqu'à mon lit où je te goûterai à nouveau. Je veux sentir ton corps trembler de plaisir.

Lucinda ferma les paupières, emportée par cette vision sensuelle.

— Mais ce que je veux par-dessus tout, c'est résister à cette envie, à ce désir dévorant.

Elle ne s'attendait pas à ça. Elle rouvrit les yeux d'un coup.

— Pourquoi ?

Le mot flotta quelques instants entre eux, lourd et confus.

— Toi, que veux-tu ? demanda-t-il sans répondre à sa question.

Lucinda prit une profonde inspiration pour calmer les battements frénétiques de son cœur. Elle se concentrait sur un seul objectif depuis des années et se refusait à nourrir des rêves plus personnels. Formuler ses envies lui coûtait. Était-ce par crainte d'être rejetée ? Sans doute. Mais aussi parce qu'elle n'avait pas l'habitude d'obtenir ce qu'elle désirait. Qui elle désirait. Or Thirio n'était pas un homme comme les autres. Pour lui, elle devait sortir de sa zone de confort et trouver les mots pour exprimer les désirs qui agitaient son cœur.

— Je veux tout ce que tu viens de décrire.

8.

— Et après quoi ?

— Après, dit-elle, songeuse, nous organisons le mariage.

Devant son air étonné et inquiet, elle s'empressa d'ajouter :

— Le mariage d'Evie et du prince Erik, cela va de soi.

— Oui, répondit-il, toujours sans faire mine de l'embrasser, à la grande frustration de Lucinda. Et ensuite ?

— Je te le répète, je ne cherche rien de plus. Je ne crois pas aux contes de fées.

— Et pourtant tu prépares un mariage digne d'un Disney.

— Parce que c'est ce que souhaite ta sœur.

— Pas toi ?

— Me marier n'est pas dans mes projets, insista-t-elle.

Ni trouver l'amour, eut-elle envie d'ajouter. L'idée de s'ouvrir à quelqu'un d'autre l'angoissait. Comment pourrait-elle s'autoriser à aimer et espérer être aimée en retour ?

— Jusqu'à ce que je te rencontre, je n'envisageais même aucune sorte de relation, dit-elle avec sincérité.

— Pourquoi ?

— C'est sans importance.

— Vraiment ?

Il plongea le regard dans le sien comme pour sonder son âme. Elle voulait enfouir ses sentiments au plus profond pour les lui dissimuler.

— Disons plutôt que c'est sans intérêt, murmura-t-elle. Cette envie mutuelle que nous avons reconnu partager me suffit.

Elle se força à prononcer le mot pour se détacher de toute implication émotionnelle.

— Du sexe. Rien de plus.

— Tu es sûre de pouvoir te contenter de ça ?

— Bien sûr, affirma-t-elle d'un air de défi.

Il l'observa de longues secondes mais elle ne flancha pas, gardant pour elle qu'elle n'avait jamais eu de liaison purement physique. Elle n'avait eu qu'un seul petit ami et leur relation s'était terminée dans la douleur, quand elle l'avait trouvé au lit avec sa demi-sœur Sofia.

Lucinda avait envie de Thirio et elle était presque prête à faire n'importe quoi pour l'avoir. Son besoin de lui dépassait maintenant la raison.

Elle se languissait de ses baisers, de ses caresses, de son contact, et lorsque leurs deux corps se touchèrent enfin, elle décida qu'elle avait le pouvoir d'assouvir son désir. Elle se dressa sur la pointe des pieds et posa ses lèvres contre les siennes en poussant un gémissement doux. Presque aussitôt, il passa la main dans son dos pour la plaquer contre lui tout en lui rendant fougueusement son baiser. Le désir aiguisait tous ses sens. D'un mouvement délicat mais déterminé, il la poussa contre le mur froid de la terrasse sans cesser de la dévorer avec avidité. Sous ses doigts agiles, sa peau s'enflammait.

— Thirio…, murmura-t-elle de plaisir tandis qu'il déboutonnait son chemisier pour goûter sa peau nue.

Sous ses caresses et l'air frais de la nuit, elle frissonna. Lucinda avait peu d'expérience et pourtant son corps savait d'instinct comment réagir, quoi répondre. Il cherchait à être toujours plus près, à fusionner.

— Je t'en prie, gémit-elle, brûlant de désir. J'ai envie de toi.

Soudain, le charme se rompit. Il s'écarta et la contempla comme s'il la voyait pour la première fois. La confusion habitait son regard et l'inquiétude gagna Lucinda.

— Thirio, c'est bon, tenta-t-elle de le rassurer. J'en ai envie.

— Je sais, grogna-t-il comme tiré des profondeurs de son âme. Mais pas moi.

Le coup l'atteignit en plein cœur et la fit vaciller. Elle n'y croyait pourtant pas. Elle avait senti son désir pour elle.

— Pourquoi refuses-tu de te laisser aller ?

Il ferma les yeux et prit une profonde inspiration, cherchant à maîtriser ses émotions. Lorsqu'il les rouvrit, une nouvelle résolution y brillait. Lucinda aussi était déterminée : elle s'avança et embrassa son cou, sa mâchoire. Elle refusait que l'instant prenne fin.

— Lucinda. Arrête.

Il prononça son prénom d'un ton à la fois autoritaire et désespéré qui la figea tant physiquement qu'émotionnellement.

— Pourquoi ? demanda-t-elle. Je ne suis pas en sucre, tu sais.

— Non, confirma-t-il en prenant son visage en coupe dans un geste d'une incroyable gentillesse qu'elle détesta. Mais je romprais un serment important.

— Quoi ? Tu as fait vœu de célibat ? plaisanta-t-elle avec colère.

La tête penchée, le regard perdu au loin, il répondit tout bas :

— Quelque chose comme ça.

— Tu… Tu es sérieux ?

— Malheureusement oui, dit-il, le visage fermé. Et ça compte plus que je ne peux l'expliquer.

Il recula d'un pas avant de conclure :

— Maintenant, rentrons. Nous allons discuter du mariage.

Difficile de dompter son désir. Lucinda regrettait de ne pouvoir éteindre ses sentiments pour se concentrer sur la raison première de sa visite, à l'instar de Thirio, qui semblait avoir retrouvé son sang-froid habituel.

— Il va falloir un service de sécurité plus important que

ce que tu as prévu, annonça-t-il en tournant une page. Le royaume de Nalvanie va envoyer un contingent de gardes pour la famille royale mais les autres invités auront aussi besoin de protection. Je mettrai des points de contrôle ici et ici.

Sur la photo du château vu du ciel qu'elle avait incluse à son dossier, il marqua de croix les endroits en question avant d'ajouter :

— Et je prévoirai une surveillance par drones dans la vallée et aux entrées.

— Crains-tu vraiment que les invités soient… agressés ? C'est un mariage, lui rappela-t-elle, étonnée face à de telles précautions.

— Je redoute l'intrusion des médias, surtout. Mais oui, il y a aussi des risques d'enlèvement.

— Carrément !

— La prudence n'est jamais vaine.

Était-ce pour cela qu'il la repoussait ? Par prudence ? Elle l'avait pourtant rassuré, elle n'était pas une petite chose fragile. Non, ce devait être à cause de son serment.

À moins qu'il ne s'agisse d'une technique maladroite pour la repousser ? Car après tout comment croire que Thirio Skartos ait renoncé au sexe ? Et depuis quand ? Elle avait suivi ses frasques passées sur Internet.

Mais il y avait eu l'incendie. Elle leva les yeux vers son visage, et son cœur bondit dans sa poitrine. Se pouvait-il que sous cette façade de milliardaire fort et ténébreux se cache le cœur brisé d'un jeune homme orphelin ? Il s'était reclus dans son château depuis l'accident ; s'était-il également renfermé sur lui-même ?

— Ma sœur ne compte pas convier trop de monde. Pour l'instant, il y aurait cent cinquante invités. La salle de bal peut accueillir bien plus que ça.

— C'est ce que j'espérais, répondit-elle, tirée de ses réflexions.

— L'as-tu visitée quand tu étais au château ?
— Non.
— Tu n'as pas fait le tour du propriétaire pendant que tu m'attendais ?
— Non, répéta-t-elle en rougissant. Contrairement à ce que tu crois, je n'ai pas fouillé dans ton espace privé. Je suis entrée car j'étais en train de geler dehors et personne ne répondait.
— As-tu envisagé une seconde que je pourrais ne pas rentrer ce soir-là ?
— Pas du tout. J'étais tellement obnubilée par mon idée de te présenter mon projet que je ne pensais à rien d'autre.
— Pourquoi est-ce si important pour toi ?
Il reposa le dossier et se renfonça dans son fauteuil, le regard fixé sur elle. Elle aurait aimé faire preuve de la même nonchalance que lui, mais elle sentait encore ses mains sur sa peau, ses baisers sur ses lèvres.
— Et ne me dis pas que c'est pour aider une autre orpheline.
Sa perspicacité ne la surprenait plus.
— Quand j'ai appris les fiançailles de ta sœur et la façon dont vos parents étaient morts, j'ai eu envie de tout faire pour lui offrir le mariage parfait.
Elle hésita, ne sachant pas si ce qu'elle allait confesser jouerait en sa faveur. Mais elle était tenue à la franchise.
— J'avais une raison personnelle aussi.
Un court silence accueillit son aveu.
— À savoir ? demanda-t-il, un sourcil haussé.
Elle prit une gorgée d'eau pour gagner un peu de temps et choisir ses mots avec soin.
— Depuis des années, j'aide ma belle-mère en coulisses. Je gère les détails, je répare les erreurs et veille à ce que nos événements se déroulent sans heurts. Quand il y a des problèmes, j'arrange la situation avec nos clients. En revanche, je n'ai jamais organisé mon propre événement.

Elle se mit à jouer avec son collier, songeuse.

— La vérité, c'est que je veux être la seule à toucher les honoraires de ce contrat.

La surprise de Thirio n'était pas feinte.

— Ça paraît vénal, reconnut-elle avec une grimace, mais c'est très important pour moi. J'ai besoin de cet argent, Thirio, et de la publicité que ce mariage m'apportera.

— Tu parles comme quelqu'un qui veut lancer sa propre affaire. C'est le cas ?

— Non, pas exactement.

— Qu'est-ce que c'est, alors ?

Elle avait espéré éviter les détails mais, face à lui, l'honnêteté était le maître-mot.

— Mon père est décédé un an après avoir épousé ma belle-mère. Il l'aimait beaucoup et je pense, j'espère, qu'elle aussi. Mais elle a exigé un accord prénuptial, en béton armé, et mon père n'a pas prêté particulièrement attention aux termes. Après tout, il n'avait pas l'intention de divorcer. Mais elle lui a fait modifier son testament.

— Comment ?

— Tout lui est revenu, annonça Lucinda, la voix brisée par l'émotion. Notre maison, l'entreprise familiale dans laquelle j'ai grandi parce qu'il n'y avait personne pour s'occuper de moi. Et toute sa fortune. Je n'ai rien, Thirio. Ma belle-mère a hérité de tout. Je dépends de sa « générosité » depuis la mort de mon père.

Le silence les enveloppa quelques instants.

— Donc ces honoraires te permettraient de gagner ton indépendance et de t'offrir une nouvelle vie.

— Pas une nouvelle vie, mais celle que j'aurais dû avoir. Cette affaire devrait être à moi. Ma belle-mère ne s'intéresse qu'au fichier clients pour y dégoter de riches maris pour ses filles. Elle apprécie les revenus, le cachet, mais je suis sûre qu'elle me la vendra. Au bon prix.

— Ces honoraires ne suffiront pas.

— Non, reconnut-elle. Mais ce sera un acompte. J'ai consulté plusieurs banques, qui seraient d'accord pour m'octroyer un prêt, dit-elle d'un ton peu assuré qui démentait ses paroles. C'est tout ce que j'ai toujours voulu, Thirio. J'ai décidé il y a bien longtemps que j'arrangerais les choses. Et chaque fois qu'elle…

Elle hésita, dessina d'un air songeur le rebord de son verre du bout du doigt.

— Chaque fois qu'elle était méchante avec moi, ou qu'elle gérait mal la société, ou qu'elle dénigrait mon père, je me raccrochais à l'idée que, bientôt, tout s'arrangerait. Que je la ferais sortir de son affaire et de ma vie. J'ai l'air horrible, je sais. C'est ma belle-mère, après tout.

Le regard que Thirio posait sur elle était si intense qu'il la déroutait.

— En quoi était-elle méchante avec toi ? demanda-t-il au bout d'un moment.

Un nœud tordit l'estomac de Lucinda. Elle serra les lèvres pour empêcher l'horrible vérité de sortir.

— Qu'en est-il de l'honnêteté ? la relança Thirio d'une voix douce mais tranchante.

— Je…

Elle se tut, passa la langue sur ses lèvres pour les humidifier. Il suivit son geste du regard, et le cœur de Lucinda s'emballa. Une heure plus tôt, elle était prête à tout pour coucher avec lui, et voilà qu'elle était incapable de lui révéler une simple information. Ça n'avait pourtant rien de secret. Sa belle-mère l'avait humiliée en public, lui avait crié dessus dans des magasins et devant les employés de l'entreprise.

— Disons qu'elle ne m'a jamais beaucoup aimée, murmura-t-elle. Elle ne connaissait pas mon père depuis longtemps et, quand il est mort, elle s'est retrouvée avec un enfant de plus à s'occuper.

— Tu étais difficile ?

— J'avais quinze ans et j'étais en deuil, alors peut-être.

Il plissa les yeux, pensif.

— J'ai du mal à y croire.

— Je ne le crois pas non plus, dit-elle en se mordant la lèvre. J'ignore pourquoi elle me déteste mais j'ai arrêté d'essayer de comprendre et de vouloir y changer quelque chose.

— Pourquoi ne pas partir ? Pourquoi cette affaire compte-t-elle autant pour toi ?

— Parce que c'était celle de mon père. J'ai grandi là-bas. Petite, j'envoyais des fax et j'ouvrais le courrier. Plus tard, je tapais les lettres et prenais les réservations. À sa mort, je connaissais déjà la plupart des clients et des lieux de réception. J'ai cette entreprise dans le sang et la voir menée à sa perte me donne envie de… tout casser, termina-t-elle avec un soupir exaspéré avant de se reprendre. Je suis vraiment douée pour ce métier, Thirio.

— Je vois ça, répondit-il en tapotant le dossier d'un geste machinal. Ton projet est créatif et accessible. J'ai été très impressionné en le lisant.

Même si elle avait elle-même vanté ses mérites en tant qu'organisatrice événementielle, entendre le compliment de sa bouche lui réchauffa le cœur. Une vague de plaisir déferla en elle.

— C'est gentil de dire ça.

— Ce n'est pas de la gentillesse. C'est la vérité. Et ta belle-mère a tort de se priver de tes talents.

Le plaisir la submergea.

— Elle ne veut pas que je réussisse.

— Et ses filles, elles sont de ton âge ?

— Oui, à peu près.

Avec un hochement de tête, il poursuivit :

— Alors soit elle est jalouse de toi, soit elle se sent menacée. Soit les deux.

— Pourquoi serait-elle jalouse ou intimidée ? s'étonna Lucinda.

Il la considéra comme si elle avait perdu l'esprit.

— Lucinda, ne sais-tu pas combien tu es magnifique ?

Elle le dévisagea avec confusion.

— Thirio, tu n'es pas obligé de me dire des choses comme ça…

— Pourquoi te mentirais-je ? On a convenu que je ne cherchais pas à te mettre dans mon lit.

Son cœur fit un bond à cette perspective.

— Laisse-moi deviner, continua-t-il. Elles t'ont critiquée chaque fois qu'elles en avaient l'occasion.

— Elles sont plutôt directes dans leurs remarques, concéda-t-elle tout bas tandis que lui revenaient en mémoire toutes leurs critiques peu flatteuses.

— Mais certainement pas honnêtes ni objectives.

Pour la première fois depuis de nombreuses années, Lucinda envisagea cette possibilité. Peut-être la dénigraient-elles par pure méchanceté et jalousie. Lucinda, qui était la bonté même, n'y avait jamais songé.

— Merci, dit-elle avec un sourire gêné. C'est gentil.

— Je ne suis pas gentil, Lucinda. Ne l'oublie pas.

Ses paroles douchèrent aussitôt le sentiment de joie qu'elle éprouvait quelques secondes plus tôt.

— Pourquoi dis-tu cela ? Pourquoi persistes-tu à te comporter comme une brute sans cœur quand en réalité tu es un homme bienveillant ?

Il tressaillit légèrement, le visage fermé.

— Tu ne sais pas de quoi tu parles.

Thirio avait l'impression de tournoyer comme une toupie, une sensation qu'il n'avait pas connue depuis longtemps. Depuis le lendemain de l'incendie quand il s'était réveillé avec une gueule de bois monstrueuse, le corps recouvert de bandages. Le cœur meurtri d'avoir causé l'explosion qui avait coûté la vie à ses parents.

La perte de contrôle qu'il éprouvait aujourd'hui était différente, plus élémentaire. Ses sens le poussaient sur une voie que sa raison refusait de suivre. Chaque cellule de son corps se languissait. Il avait envie de Lucinda, de plaisir, de joie, d'oubli, d'euphorie. Tout ce qu'il s'interdisait.

Sous la table, il pressa la main contre son flanc stigmatisé, sentant les irrégularités de sa peau à travers le tissu de sa chemise. Cette cicatrice était un rappel de sa faute, le talisman de sa culpabilité, la raison pour laquelle il avait renoncé à prétendre à une vie normale.

La présence de Lucinda menaçait de faire voler ses bonnes résolutions en éclats.

Elle lui donnait envie d'oublier. Et pire, de se pardonner. Mais Thirio Skartos ne méritait pas le pardon. Il avait le sang de ses parents sur les mains et il devrait vivre avec ce poids sur la conscience jusqu'à la fin de son existence solitaire.

— Il y a un dernier élément dont nous n'avons pas discuté.

Thirio se rencogna dans son fauteuil, les mains croisées derrière la tête.

Lucinda redoutait ce moment. La nuit s'était étirée et elle devait avouer que c'était la meilleure qu'elle avait passée depuis longtemps, et ce malgré ses nerfs en pelote. Assise en face de Thirio, elle se sentait plus vivante que jamais. Malheureusement, ce « dernier élément » annonçait la fin, la séparation. Elle ne le reverrait plus avant les jours qui précéderaient le mariage. Cette perspective lui déchirait le cœur. Il avait enflammé son corps avant de la repousser, mais ses sensations ne s'étaient pas éteintes pour autant. Elle le revoyait sur la terrasse, son visage tout près du sien. Elle sentait son corps chaud et puissant plaqué contre elle.

— Tu proposes un mariage à la fin de l'été, mais il doit avoir lieu plus tôt.

— Pourquoi ?

Il la sonda du regard, marqua une légère hésitation.

— Ma sœur est enceinte.

— Quelle formidable nouvelle ! s'exclama Lucinda, ravie et surprise.

Il approuva d'un bref hochement de tête.

— Le futur marié étant le prince d'un pays très traditionaliste, il ne serait pas apprécié que la mariée soit visiblement enceinte lors de la cérémonie. Ils préfèrent officialiser au plus vite.

— Je comprends, acquiesça Lucinda, qui n'avait pas envisagé cette contrainte. Elle est enceinte de combien ?

— Six semaines.

— Ce qui nous laisse environ un mois et demi.

— Un mois, par sécurité.

Elle écarquilla les yeux d'étonnement puis reporta son attention sur son dossier. L'événement était ambitieux. Ils n'en avaient pas organisé de tels depuis la mort de son père. C'était tout ce que désirait Lucinda et elle savait qu'elle en était capable, même avec ce délai resserré.

— D'accord, acquiesça-t-elle tout bas en se préparant aux nombreuses nuits blanches à venir.

— Tu m'as demandé à plusieurs reprises pourquoi ma sœur m'avait confié l'organisation de son mariage. Tu as ta réponse. Elle a été très malade. Sa grossesse l'oblige à rester allongée et, comme il faut qu'ils se marient vite, je suis le seul à pouvoir m'en occuper.

— Et la famille de son mari ? Ils doivent sûrement…

— Ils ne sont pas au courant. Les parents d'Erik n'approuveraient pas cette grossesse précoce.

— Mais nous sommes au XXIe siècle tout de même ! s'étonna Lucinda. C'est grotesque.

— Je suis d'accord. Mais ils suivent d'autres traditions.

Il posa la main à plat sur le dossier et le fit glisser vers elle avec un regard appuyé.

— Je suis le seul à qui Evie pouvait faire confiance pour gérer l'organisation du mariage et garder le secret. Personne ne doit savoir pour le bébé. Compris ?

— Tu crois que je vais vendre le scoop à la presse ? demanda-t-elle, blessée.

— Non, mais ta société…

— Ma belle-mère…, devina Lucinda. Ne t'inquiète pas, je n'ai pas l'intention de lui parler du mariage avant qu'il ait eu lieu.

— C'est possible ? interrogea Thirio, méfiant.

— Peut-être pas. Mais ce n'est pas ton problème. Je m'occupe de ma belle-mère, et du mariage. Et je promets de garder le secret d'Evie. Tout ce que tu as à faire, toi, c'est fournir le lieu. Je ne te dérangerai plus, Thirio.

Ses paroles flottèrent un instant entre eux, leur poids irrévocable. La nervosité nouait l'estomac de Lucinda.

— Si seulement, marmonna-t-il, d'humeur sombre.

Sa remarque lui transperça le cœur. Une nouvelle fois, il la rejetait.

— Tu vas devoir faire le tour du château comme il faut pour finaliser ton projet. La logistique ne peut pas s'organiser à distance. Je crains que tu ne sois obligée de revenir au Castile di Neve.

9.

Elle était tombée amoureuse du château dès qu'elle l'avait vu la première fois, et la seconde confirma son sentiment. D'autant que, une semaine après sa venue à Londres, c'était l'occasion de revoir Thirio. Quant à son arrivée en grande pompe, elle ne gâchait rien ! À sa première visite, Lucinda avait conduit avec angoisse sur le chemin sinueux qui menait au château. Aujourd'hui, Thirio avait affrété un jet privé depuis Londres puis un hélicoptère pour atteindre le sommet de la montagne. Cette fois, surtout, elle avait ses affaires avec elle. Toute une valise.

La preuve qu'elle séjournerait plus d'une nuit au château afin de régler un maximum de détails.

La perspective de passer quarante-huit heures avec Thirio, en tant que son invitée, lui mettait le cœur en joie.

Peu importe qu'elle tente de se raisonner en se répétant que ce qu'elle désirait n'arriverait pas, son corps se languissait de lui. Depuis cette soirée à Londres, le souvenir de leurs baisers et de la passion qui les avait unis la tourmentait. Elle faisait des rêves enfiévrés avec lui mais se réveillait inexorablement seule.

Le front appuyé contre la vitre de l'hélicoptère, elle admira le château sous un autre angle tandis qu'il survolait la clairière qui servait d'héliport : des tourelles envahies par le lierre ou le jasmin, les fleurs qui s'épanouissaient tout autour.

L'appareil posé en toute sécurité, le pilote vint lui ouvrir et, avec un grand sourire, lui tendit la main pour l'aider à sortir.

Le regard tourné vers le château, Lucinda se demanda où était Thirio. À cette heure du jour, le soleil faisait se refléter la forêt dans les immenses fenêtres. L'observait-il derrière la vitre ? À cette idée, son pouls s'emballa. Elle avança lentement jusqu'à la porte de derrière, où le pilote l'accompagna avec sa valise, les pales de l'hélicoptère qui ralentissaient en fond sonore.

Thirio était quelque part dans ce château. L'attendait-il ? Continuerait-il à ignorer l'alchimie entre eux ? Succomberait-il ? C'était ce qu'elle désirait de tout son être depuis leur rencontre.

Lucinda n'avait connu qu'un seul homme dont elle avait été follement amoureuse. Du moins le croyait-elle. Aujourd'hui, elle se demandait si elle connaissait réellement Beckett. Sa trahison la faisait encore souffrir, et elle se persuadait que c'était pour cette raison qu'elle se refusait la moindre relation et s'était jetée à corps perdu dans le travail. Mais à la réflexion, elle n'avait peut-être tout simplement pas rencontré celui qui la ferait chavirer.

Thirio Skartos embrasait chaque cellule de son corps.

Elle nourrissait toutefois d'autres rêves, d'autres besoins. Ce qu'elle souhaitait plus que tout, c'était reprendre les rênes de la société de son père. Et rien ne viendrait se mettre en travers de son chemin. Peu importe la puissance de son désir, elle ne perdrait pas de vue son objectif. Elle allait organiser le mariage de la décennie, et tant pis pour Thirio et son charme renversant.

Elle entra dans une pièce au carrelage noir et blanc avec des placards bleu ciel, et fit rouler sa valise dans le vestibule avant de s'enfoncer dans le château avec l'impression d'avoir été lâchée sans boussole dans une forêt.

À cet instant, elle entendit des pas qui approchaient. Son pouls s'emballa à l'idée de le voir bientôt.

— Tout va bien ? demanda Thirio avec une sollicitude inattendue.

— Très bien, répondit-elle en se forçant à sourire.

— On dirait que tu es sur le point de défaillir.

Il était si près d'elle, il occupait tout son champ de vision, tout son esprit. Il était l'air qui les entourait.

— Tout va très bien, répéta-t-elle.

— D'accord.

Aucun des deux ne bougea. Ils étaient comme figés par une force invisible, incapables de détacher leur regard l'un de l'autre. Thirio fut le premier à rompre le sort.

— Tu as faim ?

Il s'empara de sa valise, frôlant ses doigts au passage, éveillant tout son corps.

— Pas vraiment.

— Je vais te montrer ta chambre.

Elle le suivit dans cette partie du château qu'elle découvrait, troublée d'être si près de lui.

— Où sommes-nous ? demanda-t-elle tandis qu'ils avançaient dans un couloir flanqué de peintures anciennes où flottait une odeur de renfermé.

— Du côté des tours ouest. À la construction du château, ce mur-ci était défensif.

— Vraiment ?

— C'était différent à l'époque.

L'ombre d'un sourire éclaira son expression. Elle aurait aimé le faire sourire davantage.

— Au cours du XIXe siècle, le château a été restructuré. Ce vaste espace sans réelle fonction a été transformé en chambres d'amis et en salons. Au XXe siècle, on y a ajouté des salles de bains. J'ai pensé que la vue d'ici te plairait.

Il poussa une lourde porte en bois, et l'invita à entrer dans une chambre immense et magnifique. Pourtant, malgré la beauté somptueuse de ces meubles anciens, Lucinda fut déçue. Elle avait espéré dormir dans la même chambre que la première fois, tout près de la sienne.

— C'est très joli, merci.

Elle sentait son regard intense sur elle et se dirigea vers la fenêtre pour admirer la vue. Il avait raison, le panorama était époustouflant. On pouvait voir jusque dans la vallée, les toits du village tels des points minuscules au loin, avec au premier plan le vert de la forêt. Sur les photos tirées d'Internet, le château s'élevait fièrement au milieu d'un parc entretenu pour le mettre en valeur. À présent, la végétation avait tout envahi.

Soudain, Lucinda s'inquiéta d'avoir été présomptueuse dans son projet. Et si le château était en mauvais état et le jardin trop dangereux pour y organiser un mariage ? Elle devait vérifier la police d'assurances auprès de Thirio avant d'aller plus loin. Les détails pratiques tourbillonnaient dans sa tête. C'était peut-être une bonne chose qu'elle séjourne loin de lui, elle pourrait se concentrer sur son travail.

— Voilà la salle de bains. L'eau met un peu de temps à chauffer.

— C'est adorable.

— Tu veux te rafraîchir avant que je te fasse visiter le reste du château ?

Son cœur battait la chamade, si fort qu'elle était sûre qu'il résonnait sur les murs.

— Je veux bien faire la visite maintenant, répondit-elle avec un sourire.

Son expression se referma quand il précisa :

— Tant mieux. Tu dois comprendre quelles parties du château sont interdites. Suis-moi.

Bien sûr, il voulait protéger sa vie privée, pas passer du temps en sa compagnie. Elle n'aurait pas dû nourrir d'espoir fou.

— As-tu parlé de mon projet à ta sœur ?

— Oui.

— Qu'en a-t-elle pensé ?

— Elle a adoré, affirma-t-il en lui glissant un regard.

Lucinda poussa un soupir de soulagement.

— Je suis ravie. J'espérais vraiment que ça lui plairait.

— Elle m'a assuré qu'elle-même n'aurait pas envisagé un mariage plus parfait. D'après elle, tu as pensé au moindre détail.

C'était exactement son intention.

— Et sur le fait de procéder à la cérémonie ici ? Elle est aussi d'accord avec ça ?

— Pourquoi ne le serait-elle pas ?

— Je croyais qu'elle aurait des appréhensions, à cause de…

— Oui, elle en a. Je ne cache pas que je préfère préserver mon intimité, et elle craint qu'ouvrir les portes du château ne soit trop compliqué pour moi.

— Ça l'est ?

— Si ça l'était, j'aurais refusé.

— Même pour ta sœur ?

Il la considéra quelques secondes sans répondre.

— Il y a vingt-sept chambres dans l'aile ouest. Je suggère de les réserver à la famille royale et à leurs proches. Ils disposeront de salons privés, de salles à manger et d'espaces intimes loin des curieux.

— C'est très prévenant de ta part.

— C'est une idée d'Evie, ajouta-t-il avec un semblant de sourire.

Dans le couloir, elle observa avec attention la tapisserie délicate et les carreaux de ciment anciens, les peintures représentant des gens disparus depuis des siècles et les lustres en cuivre qui pendaient du plafond. Les quelques fenêtres ouvraient sur une vue splendide du jardin.

— Ces pièces disposent d'un accès privé, expliqua-t-il en désignant la porte par laquelle Lucinda était entrée. Pour la sécurité de la famille royale, c'est idéal.

— Tu as pensé à tout.

Il l'observa, le front plissé.

— Non, Lucinda, c'est toi qui as pensé à tout. Je me contente d'appliquer tes idées à la géographie des lieux.

Son compliment lui alla droit au cœur. Elle le remercia d'un sourire, l'œil brillant et les joues rouges.

Ils poursuivirent leur visite par le rez-de-chaussée, modernisé une vingtaine d'années auparavant par les parents de Thirio, et lorsqu'ils arrivèrent à la salle de bal, Lucinda sut qu'elle avait eu raison d'insister.

— C'est parfait, dit-elle dans un souffle en posant la main sur son bras.

Thirio se raidit sous ce contact innocent, mais elle ne retira pas sa main, charmée par cette pièce.

Celle-ci était encore plus grande qu'elle ne l'avait imaginé, avec de hauts plafonds d'où tombaient en cascades des chandeliers en cristal, celui au centre plus imposant que les autres. Les fenêtres couraient sur un mur entier, leurs vitres anciennes gravées, et ouvraient sur la vallée, la forêt et le village au loin, la flèche médiévale de son église visible d'ici. À l'autre bout de la salle se trouvaient deux immenses portes en chêne.

— Où mènent-elles ?

— Je vais te montrer, dit-il, un nœud dans la voix.

Avec un regard émerveillé sur tout ce qui l'entourait, elle se laissa guider vers les portes, la main toujours sur son bras. Grave erreur ! Car maintenant elle s'imaginait ici avec lui dans d'autres circonstances. Pas en employée rémunérée pour un travail, mais en invitée de Thirio. Danser avec lui à la lumière dorée de ces chandeliers somptueux, sa main dans le creux du dos…

Lucinda se mordit la lèvre avec force pour tenter de recouvrer ses esprits.

— Attention où tu mets les pieds, l'avertit-il en lui ouvrant la porte et en passant le bras autour de sa taille.

Il la guida sur un adorable balcon, assez grand pour

accueillir une dizaine de personnes, et qui n'était pas sans rappeler ceux de Buckingham Palace où la famille royale se rassemblait pour saluer la foule.

— C'est magnifique.

Mais son attention n'était plus tournée sur la vue ni sur le splendide coucher de soleil qui teintait la forêt de nuances de pourpre et d'or. C'était lui qu'elle regardait, avec courage et fatalité.

Sa main s'éleva malgré elle et vint se poser à plat sur son cœur.

— Thirio, murmura-t-elle sans savoir quoi lui demander.

Il resta sans bouger, le visage de marbre.

— As-tu… ?

Elle hésita, gênée de la question qu'elle s'apprêtait à poser.

— Quoi ?

Elle ravala la boule de nervosité qui lui serrait la gorge. Cela faisait trop longtemps qu'elle nageait dans l'incertitude, elle avait besoin de savoir. Avec Thirio, Lucinda voulait être elle-même, sans aucune crainte de l'échec.

— As-tu pensé à moi, Thirio ?

Son visage s'assombrit.

— De quelle manière ?

— Pas à propos de l'organisation du mariage, répondit-elle avec un sourire dénué d'humour.

Il émit un petit bruit, comme un assentiment. Elle attendit, retenant son souffle, prête à être rejetée une nouvelle fois.

— À ton avis ? dit-il en caressant du pouce la pulpe de ses lèvres.

— Je n'en ai aucune idée. Je ne sais pas du tout si je suis la seule à ressentir ça.

— C'est difficile à croire.

— Qu'est-ce que ça veut dire ?

— J'ai été très clair dans mes sentiments, répondit-il d'une voix plus proche du grognement. Mais je t'ai aussi expliqué pourquoi je ne pouvais pas y succomber.

Elle leva la tête vers lui, lèvres entrouvertes, comme une invitation. Il se pencha en avant et Lucinda saisit l'occasion, fatiguée d'être repoussée. C'était peut-être le château qui opérait sa magie sur elle mais elle se sentait vibrante de désir.

— Même si nous le voulons tous les deux ?

— Je suis navré que tu me désires, rétorqua-t-il, bourru.

— Pas moi, répliqua-t-elle avec défi. Je n'ai connu qu'un seul homme, Thirio, et je ne l'ai jamais désiré comme ça.

Une expression torturée tordit ses traits, une supplique hanta son regard, l'incrédulité l'habitait.

— Je n'ai jamais rencontré et désiré quelqu'un comme je te désire, poursuivit-elle. Ça ne veut pas dire que j'ai des sentiments pour toi. Je suis assez mature pour faire la différence entre l'attirance physique et l'amour. Tu n'as pas à t'inquiéter de mes attentes irréalisables. J'ai envie de toi, Thirio. Je te veux. Et je refuse d'ignorer ce désir ; c'est tellement rare pour moi.

Il la dévisagea, perdu et abasourdi, avant de prendre la parole lentement en pesant tous ses mots.

— Que tu sois si inexpérimentée est une autre raison d'éviter ceci.

— Pourquoi ?

Il serra les lèvres, garda le silence.

— Tu penses que parce que je n'ai connu qu'un piètre amant je serai incapable de garder la tête froide si je couche avec toi ?

Il se pencha vers elle, posa son front contre le sien.

— Arrête.

— Pourquoi ? Je ne suis pas venue ici pour ça. J'avais prévu de me concentrer sur le travail et sur l'organisation de ce mariage. Mais à la seconde où je t'ai vu, ce désir irrépressible s'est à nouveau emparé de moi. Si tu ne ressens pas la même chose, très bien, dis-le-moi. Je le respecterai. Mais si tu en as envie autant que moi, alors arrête ce supplice.

— J'ai pensé à toi, avoua-t-il enfin dans un grognement. J'ai rêvé de toi. J'ai eu envie de toi.

Il ferma les yeux comme pour puiser une force intérieure.

— Mais tu ne comprends pas ce que tu me demandes.

— Je sais que tu souhaites rester ici, seul, et coupé du reste du monde. Je ne te propose pas d'y renoncer pour toujours. Je ne t'offre qu'une parenthèse, pas un répit. Après le mariage de ta sœur, nous ne nous reverrons plus jamais, c'est promis. Ma vie tourne autour de l'entreprise de mon père et je ne demande rien d'autre. En revanche, nous avons cette opportunité qui se présente à nous, Thirio, pour un court laps de temps. Et je suis là, devant toi, à te demander d'arrêter de lutter contre ce que nous voulons tous les deux. Juste pour un temps.

— Bon sang, Lucinda !

Elle se prépara à un nouveau rejet, catégorique. Mais à sa grande surprise et pour son plus grand plaisir, il la prit dans ses bras et la porta à travers la salle de bal pour l'emmener comme dans ses rêves les plus fous.

10.

Sa peau couleur crème était douce comme du velours. Il caressa d'abord ses seins, en dessina le contour comme pour les graver dans sa mémoire, avant de l'embrasser avec fougue, répondant enfin à ce désir urgent qui brûlait en lui depuis trop longtemps. Il rompait le serment qu'il s'était fait au lendemain du décès de ses parents et il savait qu'il le regretterait en même temps qu'il lui en serait reconnaissant.

Elle se trompait, c'était bel et bien un répit qu'elle lui offrait. Car lorsqu'elle était là, elle illuminait la pièce et repoussait l'obscurité qui hantait son âme. Malgré tout, jamais il ne pourrait totalement la dissiper, il méritait d'en être baigné, il avait besoin de sa froideur pour vivre avec ce qu'il avait fait.

Mais ce soir, Lucinda était là et il se laissait envahir par sa chaleur. Il la touchait, il la goûtait, savourant son contact délicieux. Il partait à la découverte de son corps, en appréciait chaque nouvelle saveur et se délectait de l'entendre gémir au fil de ses explorations. Il voulait la posséder et il la marqua sur la peau tendre de l'intérieur de sa cuisse pour qu'elle se rappelle le lendemain qu'il s'était aventuré dans cet endroit des plus intimes.

Quand il eut laissé sa marque, il se redressa et, nu, il la contempla de toute sa hauteur.

C'était tout ce à quoi il avait résisté pendant six ans et pourtant il était fier d'avoir conquis son corps tout en sachant qu'elle exerçait un pouvoir similaire, voire plus grand, sur lui. Il voulait faire durer le plaisir et en même temps il avait besoin de la sentir plus proche, de fusionner, de lui appartenir.

Elle l'attira à elle, et entreprit à son tour de le couvrir de caresses exquises et de baisers voluptueux. Pourtant, il ne put retenir un léger sursaut. Ses lèvres étaient douces sur sa peau boursouflée, et le plaisir incommensurable qu'il en tirait était en contradiction avec la culpabilité et le chagrin que sa cicatrice représentait. Mais elle faisait partie de lui, elle reflétait la vérité de son âme, et il ne devait jamais l'ignorer, jamais oublier ce qu'il avait fait. Surtout, il ne devait jamais plus blesser une autre personne.

À l'agonie sous ses caresses qui le transportaient vers des sommets qu'il croyait oubliés, il s'empara de ses lèvres et l'embrassa comme si sa vie en dépendait, la serra dans ses bras comme pour ne plus jamais la laisser s'éloigner. Leurs deux corps, soudés, en parfaite harmonie, ils cédèrent enfin à leur désir brut et irrépressible pour atteindre presque simultanément l'orgasme.

Thirio se sentait le maître de l'univers. Tout autour de lui n'était que lumière et chaleur, la femme allongée sous lui la plus belle du monde. Encore sonné, il se pencha pour l'embrasser, délicatement, entre les seins, où il sentit les battements effrénés de son cœur, identiques aux siens.

Il avait brisé son serment, mais il avait été clair et Lucinda n'attendait rien de plus que quelques moments de plaisir partagé. Comment pourraient-ils y résister ? Pourquoi avait-il même essayé ? Combler Lucinda Villeneuve était inévitable.

— C'était formidable, dit-elle.

— Ce sera encore mieux la prochaine fois.

Les mots flottèrent entre eux comme une promesse.

Il se sentait si bien, allongé à côté d'elle, il aurait voulu y rester pour toujours. Raison de plus pour partir sans tarder ; il devait garder le contrôle.

Pourtant, il roula sur le côté et, affichant une fausse

décontraction, il la contempla. Elle se tourna vers lui, plongea les yeux dans les siens.

— Comment se fait-il qu'une femme comme toi n'ait eu qu'un seul petit ami ?

Elle porta la main à son cou nu. Il se rappela la fine chaîne en argent qu'elle portait le premier jour.

— Aucune idée.

— C'est un secret ?

— Non. C'est juste qu'il n'y a pas de raison particulière.

Il plissa les yeux, songeur.

— Je croyais que tu étais toujours honnête ?

— Je le suis !

— Non, tu me caches quelque chose.

Elle parut sur le point de nier mais se ravisa. Elle poussa un léger soupir et répondit en fixant les draps entre eux.

— J'ai vécu une rupture difficile. J'ai perdu confiance en moi, et les relations amoureuses sont compliquées, tu sais. Il faut s'ouvrir à une autre personne, montrer sa vulnérabilité. Il faut croire que l'autre ne te fera pas de mal, et après Beckett, je n'en ai plus été capable.

Thirio bouillait intérieurement, à la fois de colère et de curiosité.

— Que t'a-t-il fait ? demanda-t-il avec empathie.

— Il est tombé amoureux d'une autre.

— Quelqu'un que tu connaissais ?

La méfiance et la surprise emplirent le regard de Lucinda.

— Oui.

— En qui tu avais confiance ?

— Je ne dirais pas ça. C'était Sofia, ma demi-sœur.

— Celle que j'ai vue à ton bureau ?

— Non, elle, c'était Carina. Elle n'est pas aussi mauvaise que Sofia.

Thirio avait connu de nombreuses émotions au cours de sa vie. La joie et la folie de l'enfance, les vertiges de l'adolescence puis la douleur de la perte quand il était un jeune homme. Mais il n'était pas sûr de reconnaître celle qui tempêtait dans son cœur à cet instant. Un mélange de fureur incrédule et un puissant instinct de protection.

— Raconte-moi, *agape mou*.

Le nom affectueux lui échappa avant qu'il ne puisse le retenir. Jamais il n'avait appelé une femme ainsi mais il avait entendu son père le répéter à sa mère tous les jours.

— Que veux-tu savoir ?

— Tu m'as dit que ta belle-mère te maltraitait. J'imagine que tes demi-sœurs aussi.

— Personne n'est aussi horrible que ma belle-mère, répondit-elle sans détour. Je n'en veux pas à mes demi-sœurs. Elles sont telles que leur mère les a élevées. On ne leur a jamais appris la bonté. Elles ne voient la vie que par rapport à ce qu'elles peuvent posséder, pas ce qu'elles peuvent offrir.

Ses paroles en révélaient bien plus sur sa propre nature. Mais Thirio avait déjà noté sa bienveillance et son altruisme, elle qui s'était présentée chez lui dans le seul but d'offrir le mariage de ses rêves à une femme qu'elle n'avait jamais rencontrée mais avec qui elle se sentait un lien particulier.

— Alors que toi tu aimes rendre les gens heureux.

— Quel mal y a-t-il à ça ? s'étonna-t-elle.

— Aucun, la rassura-t-il d'une voix rauque. Aimais-tu cet homme ?

— Je le croyais. Avec le recul, je pense que j'avais juste très envie d'être amoureuse et surtout d'être aimée en retour.

— À la mort de ton père, tu n'avais aucune autre famille pour s'occuper de toi ?

— Non. Personne.

— Je suis désolé, dit-il avec sincérité.

Elle lui offrit un mince sourire.

— Je ne voulais pas déménager de toute façon. C'était le seul foyer que j'avais jamais connu, et l'idée qu'elles y vivent sans moi et sans mon père me révulsait. C'était comme si mon monde avait explosé.

Thirio se crispa à ces paroles. Lui avait survécu à une véritable explosion. Il en connaissait le bruit, l'odeur, le goût. Il repoussa ses souvenirs et se concentra sur elle.

— Une seconde, il n'y a que papa et moi, et la suivante, il tombe fou amoureux et se marie.

— Et tu l'as soutenu.

— Évidemment. C'était mon père et je voulais qu'il soit heureux. Je pensais qu'il le serait grâce à elle.

— Ça n'a pas été le cas ?

— Je n'ai pas assez d'expérience en matière de relations de couple. Ils vivaient peut-être un bonheur différent, plus complexe. Je n'en sais rien.

Il leva la main vers sa joue, repoussa une mèche de cheveux, puis la posa sur la sienne, entre eux sur le lit. Ce simple contact raviva son désir.

— Ils se disputaient ?

— Pas vraiment. C'est juste qu'il ne semblait pas y avoir de connexion. Mais bon, encore une fois, je n'avais que quinze ans, j'avais sans doute une vision romancée de l'amour. Je croyais qu'on allait vivre un conte de fées, qu'il serait heureux et que j'aurais une famille. À la place…

— Oui ? l'invita-t-il à poursuivre.

— J'ai perdu mon père à l'instant où ils se sont mariés. Tous nos petits rituels ont cessé. Ma belle-mère détestait tout ce que lui et moi partagions. Elle a instauré de nouvelles traditions.

— Quel manque de délicatesse.

— En effet, approuva-t-elle, les traits tirés par le chagrin.

Il aurait voulu la soulager de sa peine, la libérer de ses malheurs.

— J'ignore ce qui lui est arrivé pour qu'elle devienne comme ça. J'ai essayé de la comprendre, mais…

— Elle est allée trop loin avec toi.

Elle le considéra, étonnée de sa perspicacité.

— Oui. Maintenant, je désire juste me libérer d'elle, dit-elle en caressant doucement sa main du pouce. Je ne lui souhaite pas de mal. Je veux simplement qu'elle disparaisse de ma vie.

— Et tes demi-sœurs ?

— Pareil.

Pour une femme comme Lucinda, qui n'était que bonté à l'état pur, éprouver de tels sentiments était révélateur de la nature de sa belle-mère.

— Quel âge avais-tu quand cet homme t'a quittée pour ta demi-sœur ?

— Dix-neuf ans.

— Ils sont restés ensemble ?

— Non. Ce n'était pas le but. Sofia ne l'a séduit que pour me l'enlever. Je vivais quelque chose de bien, j'étais heureuse et me sentais aimée, et elle n'a pas apprécié.

Il ravala un juron.

— Et lui ?

— Il n'était pas l'homme que je croyais. Il ne s'est pas battu pour notre histoire. Je ne représentais rien pour lui.

Elle ajouta ces derniers mots avec calme, pourtant il perçut la tension qui s'en dégageait. L'importance de cette phrase.

— Donc tu as renoncé aux hommes et aux relations ?

— Rien d'aussi mélodramatique, répondit-elle avec un sourire. C'est surtout que je ne m'imaginais plus capable de me rapprocher de quelqu'un par crainte qu'on me quitte à nouveau. Alors je me suis concentrée sur le travail.

— Et c'est devenu ta vie.

— Oui, approuva-t-elle. Et ça me suffit. C'est tout ce que je veux, Thirio. Tout ce que j'ai jamais voulu.

11.

Sans surprise, il avait installé un bureau ultramoderne pour Lucinda, l'endroit idéal pour travailler.

Sauf qu'elle était distraite. Régulièrement, après avoir écrit à des prestataires ou réglé de nouveaux détails pour la cérémonie, elle rêvait à la nuit précédente, et à ce que Thirio et elle avaient partagé. La passion les avait enveloppés et unis. C'était inévitable. Et parfait.

Un sourire aux lèvres, elle se radossa à sa chaise, les yeux sur l'écran d'ordinateur sans le voir. Elle travaillait depuis des heures et, même si elle n'avait pas fait tout ce qu'elle voulait, elle avait la certitude que c'était en bonne voie. Les postes les plus importants étaient réglés – le traiteur était de renommée mondiale, le menu soigneusement élaboré. L'orchestre avait été réservé et le photographe choisi n'avait pas hésité à décaler un shooting pour *Vogue* afin d'être présent. Tout se déroulerait à la perfection.

Lucinda était aux anges, emplie de joie et d'espoir. Car ce mariage était son ticket pour atteindre ses rêves. Elle en était si proche. Mais plus que ça, elle se sentait aussi confiante grâce à ce moment d'intimité. Elle n'était pas naïve au point de croire qu'une nuit torride marquait le début d'une relation sérieuse, et pourtant cela comptait pour elle. Ça lui avait permis d'abattre ce mur qu'elle avait érigé autour de son cœur. Elle avait accordé sa confiance à Thirio, pas pour la vie entière, certes, mais pour un petit moment de pur bonheur.

Comme une manifestation de sa pensée, il arriva à cet instant.

— Je t'ai apporté un café.

Il posa la tasse au bord du bureau puis se planta, bras croisés, devant elle.

— Merci. J'en ai toujours besoin.

Elle prit la tasse, huma l'arôme puissant avant de boire une gorgée. Après avoir fait l'amour la veille, ils avaient mangé un peu avant de retourner se coucher. Lucinda n'avait pas beaucoup dormi et la fatigue la rattrapait. Elle étouffa un bâillement et s'excusa d'un sourire.

— Comment ça avance ? demanda-t-il avec un geste du menton vers l'ordinateur.

— Tout est sous contrôle, affirma-t-elle en cochant la liste des professionnels qu'elle avait engagés. Notre entreprise a déjà travaillé avec tous ces prestataires, ce sont les meilleurs.

— Je te fais confiance.

Elle sursauta à ces mots qui faisaient écho à ses pensées quelques instants plus tôt. Puis elle se rappela que c'était professionnel pour lui.

— Je t'ai rédigé un compte rendu de l'avancée des préparatifs, annonça-t-elle en attrapant la feuille qu'elle avait imprimée un peu plus tôt. D'ordinaire, c'est à ta sœur que je m'adresserais, mais puisque c'est toi qui t'occupes de la logistique…

— Je la lui transmets tout de suite, dit-il en prenant une photo du document avant de l'envoyer par e-mail. Elle se sent un peu mieux depuis deux jours. Elle va adorer voir ça.

— A-t-elle pu s'occuper de sa robe ?

— Il y a un couturier au palais de Nalvanie.

— Bien sûr.

Lucinda laissa son regard dériver sur la vue par la fenêtre. Ce château était si beau. Quel dommage qu'il soit davantage une prison qu'un foyer ! Cette pensée aussi soudaine qu'inattendue la perturba. Pourtant, c'était la vérité. Ces murs le tenaient à l'écart du monde et éloignaient les autres de lui. Peinée par cette idée, elle se leva et vint poser les mains contre son torse. L'ambiance autour d'eux se chargea aussitôt d'une tension qu'ils peinaient à contenir. Leurs corps réagissaient à l'unisson.

— Tu as travaillé comme tu voulais ? demanda-t-il dans un grognement en l'attirant plus près de lui.

La lueur de malice qui brillait dans son regard ne lui échappa pas.

— Le café était une ruse, admit-il avec un haussement d'épaules nonchalant.

— Ah… Une ruse excellente.

Elle lui sourit, but deux autres gorgées et reposa la tasse sur le bureau.

— C'est vrai que je suis fatiguée après cette nuit.

— Vraiment ? Tu veux aller t'allonger un peu ?

— Oui. Mais pas pour dormir.

Thirio volait en hélicoptère depuis qu'il était petit. Il connaissait parfaitement le bruit des pales qui tournaient, surtout celles d'un appareil en approche du Castile di Neve. Parce qu'il était dans un état second, il lui fallut quelques minutes pour identifier le vrombissement et comprendre sa signification. Il remua, se sépara à contrecœur de Lucinda qui se réveilla et le regarda, encore dans un demi-sommeil, un air de contentement au visage.

— Il y a quelqu'un, expliqua-t-il avec un geste de la tête en direction du point noir de plus en plus gros visible à travers la fenêtre de sa chambre.

— Ils ne font peut-être que passer au-dessus.

— Non, il n'y a pas de couloirs de vol. C'est ma sœur, ajouta-t-il en reconnaissant l'emblème doré sur le flanc.

— Ta sœur ? s'écria Lucinda, soudain nerveuse. Elle vient ici ?

— Ça lui arrive, répondit-il, amusé par sa réaction. Ainsi que tu me l'as si bien fait remarquer le premier jour, c'est aussi chez elle.

— Jamais je n'aurais dû te parler comme ça, marmonna-t-elle pour s'excuser en sortant précipitamment du lit afin d'enfiler ses sous-vêtements.

— Tu avais raison. Et quelle importance ? Tu te comportes comme si tu étais prise en flagrant délit.

Elle remit, les mains tremblantes, la robe qu'il lui avait retirée avec empressement un peu plus tôt.

— C'est ma cliente.

— Techniquement, c'est moi ton client.

— Oui, techniquement, admit-elle avec une grimace. Mais c'est Evie que je veux impressionner.

— Parce que, moi, c'est déjà fait ?

Elle s'esclaffa de bon cœur.

— Tu es incorrigible.

Enfin rhabillée, elle ramassa le jean de Thirio et le lui lança en le priant de se dépêcher. Ce dernier éclata de rire, un son pur et sincère.

— Du calme. Elle ne mord pas.

— Je ne voudrais pas qu'elle croie que c'est comme ça que j'ai décroché ce travail.

— Je lui expliquerai que tu es entrée par effraction et que tu as refusé de partir tant que je ne t'avais pas engagée.

— Ha ha, rétorqua-t-elle tout en peignant comme elle pouvait ses cheveux avec ses doigts avant d'effacer les traces de maquillage sous ses yeux.

— Ça va aller, ne t'en fais pas.

— Facile à dire pour toi. Tout ton avenir ne dépend pas des quinze prochaines minutes.

— Le tien non plus. Tu seras payée peu importe ce que ma sœur pense de toi.

Lucinda écarquilla les yeux, blessée.

— Ce n'est pas une question d'argent, dit-elle avec froideur.

— De quoi est-il question alors ? demanda-t-il d'un ton adouci pour ne pas la braquer.

— C'est ma première commission. J'ai fait le travail sur de nombreux événements, mais c'est la première fois que c'est moi qui décroche un contrat et que j'en suis seule responsable. Le bonheur de ta sœur tient une place primordiale dans le succès de cet événement. Je veux qu'elle soit comblée par ce que je lui organise. C'est important pour moi.

Dans ce cas, c'était important pour lui aussi. Mais il ne pouvait pas le lui dire, pour ne pas lui donner une mauvaise impression sur leur relation. Même si c'était ce qu'il ressentait au plus profond de lui.

— D'accord. Mais tu ferais mieux de changer de robe si tu ne veux pas qu'elle se doute de ce que nous faisions.

Elle se tourna vers le miroir et découvrit sa robe froissée ainsi que l'énorme suçon qui s'étalait dans son cou.

— Thirio ! Tu es…

— Incorrigible. Oui, tu l'as déjà dit. D'après mes estimations, tu as cinq minutes avant qu'Evie ne franchisse la porte.

Dans sa précipitation à quitter la chambre, elle se cogna le genou contre le pied du lit.

— Je te soignerai d'un baiser tout à l'heure, lui lança-t-il en riant.

Sur le seuil de la pièce, elle se retourna.

— Tu as plutôt intérêt ! dit-elle avec un sourire. Merci. C'était… merveilleux.

Evie arriva seule, ce qui, compte tenu de son statut, était très rare ces temps-ci.

— J'ai faussé compagnie à mes gardes, annonça-t-elle avec un clin d'œil innocent. Ils font encore plus d'histoires que toi. Comment vas-tu ?

Elle monta sur la pointe des pieds pour embrasser son frère. Celui-ci n'osa pas lui répondre avec franchise. À cet instant, il avait l'impression d'être le roi du monde. Mais si Evie avait connaissance de la raison de cette exubérance inhabituelle, elle n'aurait de cesse de vouloir garder Lucinda dans la vie de Thirio. C'était impossible. Il avait déjà rompu son serment, alors ce devait rester temporaire. Dans quelques semaines tout au plus, les choses reviendraient à la normale et il serait à nouveau seul jusqu'à la fin de son existence. Il porterait le deuil de ses parents et ferait pénitence avec encore plus d'ardeur.

— Bien, répondit-il d'un ton sombre.

— Tu as l'air en forme, reconnut-elle en acquiesçant. Et si nous allions nous installer sur la terrasse ?

— Que fais-tu ici ?

Elle s'esclaffa avant de répondre.

— Sympa. Je n'ai pas le droit de rendre visite à mon grand frère ?

— Bien sûr que si.

Il balaya la plaisanterie d'un geste de la main pour dissimuler sa contrariété. Qu'il ait envie d'être seul avec Lucinda ne lui donnait pas le droit d'être grossier avec sa sœur. Il adoucit le ton.

— Et toi, comment te sens-tu ?

Elle était maigre et pâle, et il s'inquiéta.

— Je vais très bien. J'ai même réussi à manger et à garder mon petit déjeuner ces quatre derniers jours. Ce qui est un exploit. Une tartine et une demi-banane, c'est déjà ça.

— Ce n'est pas assez. Ton médecin est-il sérieux ?

— C'est la meilleure de Nalvanie.

— Je vais te trouver le meilleur au monde, insista Thirio. Nalvanie est un petit royaume…

— Doté d'un excellent système de santé, le coupa-t-elle en secouant la tête.

Sa sœur avait grandi et était devenue une belle jeune femme pleine d'assurance. Une future princesse.

— Je vais bien, Thirio. Les médecins ne sont pas inquiets.

— Tu es trop maigre.

— Ah, merci ! marmonna-t-elle. Qu'est-ce qui t'arrive ? Tu es encore plus grognon que d'habitude.

Il garda le silence. Il s'était réveillé auprès d'une femme merveilleuse, la première qu'il mettait dans son lit depuis des années. Normal qu'il n'apprécie pas cette intrusion.

— Je suis venue pour discuter de ça, dit-elle en brandissant son téléphone.

Il reconnut le compte rendu de Lucinda à l'écran.

— Il y a un problème ?

— Au contraire. Je suis ravie. Tout est parfait, Thirio. Je n'arrive pas à y croire. C'est comme si cette femme avait plongé dans mon inconscient pour y pêcher toutes mes envies et mes pensées les plus intimes. Ce mariage va être exactement comme je l'ai rêvé.

Alors qu'il n'en avait absolument aucun droit, il ressentit une immense fierté pour Lucinda et son travail. Maintenant qu'il la connaissait davantage, et qu'il comprenait l'adversité à laquelle elle avait dû faire face, il était d'autant plus heureux qu'elle ait anticipé le moindre vœu d'Evie.

— J'aimerais que tu me donnes son numéro pour l'appeler et la remercier.

— Tu peux la remercier en personne.

— Comment ça ?

— Elle est ici.

— Ici ? répéta Evie, incrédule. Au château ?

Thirio s'esclaffa.

— Il se trouve qu'elle a un événement majeur à organiser.

— D'accord, mais je n'aurais pas cru que… Oh ! arrête, fit-elle en donnant une petite tape à son frère. Tu sais ce que je veux dire. Tu détestes les gens. Tu détestes surtout avoir du monde dans ton espace personnel.

— J'ai malgré tout accepté que ton mariage se déroule ici.

Evie garda le silence, médita un instant.

— Pourquoi as-tu accepté, d'ailleurs ? Je suis sûre que tu hais cette idée.

Il hocha lentement la tête.

— J'ai refusé au début. Puis, après avoir lu le projet, j'ai su que ça te comblerait de joie. Et je ne veux rien de plus que ton bonheur.

Il n'ajouta pas qu'il s'y sentait contraint après lui avoir ôté ses parents.

— Mais je ne veux pas que ça te fasse souffrir.

— Je m'en sortirai, assura-t-il. Ce ne sera que pour une nuit.

— Et deux jours.

— Ça ira. Arrête de t'inquiéter pour moi et profite.

À cet instant, un coup discret frappé à la porte les interrompit. Quand Lucinda fit son entrée, il resta figé, comme si son corps avait été transformé en pierre. Il ne pouvait détacher son regard d'elle. Elle s'était changée, et portait un chemisier en soie et une jupe qui lui arrivait au genou, ses cheveux étaient rassemblés en une queue-de-cheval basse sur le côté.

— Bonjour, vous devez être Evie, dit-elle sans un regard pour Thirio.

— Et vous ma bonne fée ! répondit cette dernière avec un rire. Franchement, j'ignore comment vous avez réussi cela.

— C'est mon travail. Je suis ravie que ça vous plaise.

— Je suis aux anges ! Vous avez pensé à tout, même aux dons que les invités feraient en faveur des enfants de Nalvanie en lieu et place des cadeaux de mariage.

— Je sais que c'est une cause qui vous tient à cœur.

— Mais comment le savez-vous ? C'est comme si vous lisiez dans mes pensées.

— J'ai lu de nombreuses interviews, avoua Lucinda en rougissant. Ça peut paraître bizarre, mais c'est le meilleur moyen de connaître un client et de découvrir comment le servir au mieux.

— C'est du génie, plutôt ! Avec d'autres, j'aurais dû passer des heures à expliquer ce que je voulais, et je n'en avais pas la force. C'est pour cela que j'ai confié cette tâche à Thirio. Vous nous avez tous les deux beaucoup soulagés.

— Avec plaisir.

Elle glissa un bref coup d'œil vers Thirio, qui lui décocha un léger sourire.

— Voulez-vous que je vous explique tout en détail ? proposa Lucinda.

— C'est pour ça que je suis là ! s'exclama Evie en tapant des mains.

La voir si heureuse et pleine de vie mit du baume au cœur à Thirio. Mais presque aussitôt un sentiment de culpabilité l'envahit. Leur mère aurait mérité d'assister au bonheur de sa fille. Il les avait tous privés de cette joie familiale.

— Si nous commencions par la salle de bal ?

— Tout à fait. Thirio, voulez-vous vous joindre à nous ?

Perdu dans ses sombres pensées, il ne l'entendit pas.

— Thirio, intervint Evie. Tu viens avec nous ?

— Non.

La panique commençait à le gagner, comme cela lui arrivait souvent quand il pensait à ses parents.

— Allez-y. J'ai du travail.

— C'est le week-end, tu sais, lui rappela Evie avec entrain.

— Vous vous amuserez mieux sans moi. Vas-y et profite.

— Il s'est montré rustre et odieux ? demanda Evie dès qu'elles furent seules. C'est bon, vous n'avez pas à le protéger. Je sais comment est mon frère.

Lucinda réfléchit un instant. À leur première rencontre, il s'était en effet comporté comme un ours mal léché, mais depuis elle avait découvert une autre facette de lui.

— Il est gentil, en fait.

— Vous êtes très tolérante, ou très polie. Sans doute les deux, répondit Evie avec un sourire. En tout cas, merci de le supporter. Il a un cœur en or, vous savez, mais peu de gens ont l'occasion de le découvrir. D'ailleurs, je dois être la seule à l'avoir vu.

Lucinda acquiesça sans un mot. Puis, devant la fenêtre, elle s'arrêta, et désigna la pelouse et la vue splendide sur la forêt de sapins.

— Une grande tente sera montée ici. Un tapis, tissé localement en laine recyclée, recouvrira le sol pour que les invités ne salissent pas leurs chaussures. Les chaises proviennent de vos greniers ; il y en a deux cents, qui datent du début du XXe siècle.

— J'avais oublié que nous les avions.

— J'ai fait un peu d'exploration hier, expliqua Lucinda en taisant le fait que Thirio lui avait proposé une visite complète. Elles sont magnifiques.

Evie esquissa un sourire nostalgique, les yeux embués.

— Mes parents organisaient toujours une grande réception pour le nouvel an. C'est bien que vous ayez retrouvé ces chaises. Je ne veux rien qui fasse trop extravagant, ajouta-t-elle tandis qu'elles poursuivaient leur chemin vers la salle de bal. C'est ce qui m'a plu dans votre proposition. Tout est réfléchi, pondéré, significatif, avec ce qu'il faut pour rassurer les conservateurs sur le fait qu'il s'agit d'un mariage royal.

Ces derniers mots lui arrachèrent une grimace.

— Je suppose que l'apparat a son importance dans votre vie ? compatit Lucinda.

— Ce n'est pas si mal. Parce qu'il est le quatrième de la lignée, Erik ne deviendra pas roi. C'est l'intrusion de la presse qui est pénible, et nous ne pouvons pas manquer de gratitude à leur égard. Il faut trouver le juste équilibre.

Elles entrèrent dans la salle de bal. Evie poussa un lourd soupir.

— J'ai toujours adoré cet endroit.

— Et pourtant, vous ne venez pas souvent ?

Evie se tourna vers Lucinda, l'observa un moment avant de répondre.

— Non. C'est chez mon frère.

— J'ai l'impression que vous êtes très proches tous les deux.

— Nous nous aimons beaucoup mais nous ne sommes pas proches. Je ne crois pas que Thirio ait jamais été proche de quiconque.

Elle s'interrompit, songeuse, et secoua la tête.

— Mais je ne veux pas vous accabler avec ça.

— Ça ne me dérange pas, assura Lucinda, avec une pointe de culpabilité car elle ne souhaitait pas sonder la sœur de Thirio sur son compte. Tous ceux qui participent à ce mariage de près ou de loin ont signé un accord de confidentialité en béton, alors tout ce que vous direz restera entre nous.

— Dans ce cas, asseyons-nous, car nous en avons pour des heures, plaisanta-t-elle. Je ne voulais pas paraître négative. Thirio et moi nous écrivons souvent. Je sais qu'il agit pour mon bien. Mais il vit en reclus. Il se coupe du monde, et donc de moi. Je viens ici quand je peux, une à deux fois par an. Mais il tolère tout juste ma compagnie et ça me peine. Je ne m'attarde jamais.

— Je suis désolée pour vous, répondit Lucinda, le cœur lourd.

Le tableau que lui brossait Evie était le même que celui dans lequel elle évoluait avec Thirio. Il s'était certes montré très accommodant, mais c'était temporaire et Lucinda elle aussi sentait qu'elle ne devrait pas prolonger son séjour. Elle n'avait aucune envie de subir à nouveau sa froideur et son dédain. Ce qui arriverait à n'en pas douter à la fin de leur aventure.

Elle ne devait pas s'attacher et partir dès que son travail serait terminé. Elle suivrait en cela l'exemple d'Evie.

En un claquement de doigts, ses appréhensions et ses doutes resurgirent. Elle se concentra avec force pour terminer la visite avec Evie et voir avec elle certains détails.

— Je m'occupe du plan de table, affirma celle-ci à la fin. Il faut suivre le protocole, et un membre du personnel d'Erik révisera la liste des invités et me conseillera sur les places à attribuer à chacun avec diplomatie.

Elle tapota la table de son stylo avant d'ajouter, avec un sourire de conspiratrice :

— Quant à Thirio, je voudrais lui présenter quelqu'un. Une amie à moi, de Nalvanie. Il ne voit personne depuis… trop longtemps. Mais je crois qu'il est prêt. Après tout, il a accepté de recevoir pour mon mariage. C'est un pas énorme pour lui.

Lucinda lui sourit avec bienveillance, habituée à étouffer ses sentiments profonds et surtout à dissimuler la peine qu'elle ressentait. Pourtant, la mention d'une conquête potentielle pour Thirio fut un coup de poignard dans son cœur déjà fragile. Ça n'aurait pas dû, après tout Thirio n'était pas son petit ami. Ils ne s'étaient rien promis. Mais l'idée qu'il soit avec une autre femme lui était abominable.

— Viendrez-vous au mariage, Lucinda ? demanda Evie avec un regard franc et intense qui rappelait celui de son frère.

— Oui, répondit Lucinda d'un ton professionnel. Je serai en coulisses à veiller à ce que tout se déroule bien.

— N'avez-vous pas des employés pour cela ? Je veux que vous y assistiez en tant qu'invitée. C'est le moins que je puisse faire après tout ce que vous avez accompli.

— C'est mon travail, répéta Lucinda tout bas. Je vous assure que je serai plus à l'aise à l'arrière-plan.

Evie se renfrogna mais n'insista pas.

— Si vous changez d'avis, ça me ferait plaisir de vous compter parmi nous.

— C'est très gentil.

Lucinda savait que jamais elle n'accepterait cette invitation. Thirio lui avait peut-être donné le sentiment d'être au comble du bonheur, elle avait conscience que ça ne durerait pas.

À son retour à Londres et au bureau, la réalité la

rattraperait. Sa belle-mère se chargerait de lui rappeler ses failles et ses faiblesses. Ce week-end était une parenthèse enchantée. Une bulle en dehors du temps et de l'espace, son petit paradis sur terre. Mais c'était temporaire. Les bulles finissaient toujours par éclater.

12.

Allongée dans les bras de Thirio sur la terrasse d'une des tourelles, le ciel constellé d'étoiles comme une couverture de velours sur eux, Lucinda ne put s'empêcher de demander :

— C'est à la suite de l'accident ?

Il se crispa aussitôt, irradiant de tension.

— Tu n'es pas obligé de répondre. Pardon, je n'aurais pas dû poser la question.

— Ta curiosité est compréhensible.

Sa voix hachée lui rappela avec dureté son attitude le premier jour de leur rencontre. Elle eut l'impression de se tenir en équilibre au bord d'un précipice. Après l'intimité qu'ils avaient partagée et l'abandon auquel elle s'était laissée aller auprès de lui, elle ne tenait absolument pas à retrouver cette froideur.

— Mais tu ne veux pas en parler.

Déjà Lucinda remettait ses barrières en place, essayait de se persuader qu'elle se fichait qu'il la rejette, car il n'était pas le premier. Pourtant, imaginer qu'il la traite à nouveau comme une inconnue indésirable lui était insupportable.

— Non. Mais je comprends que tu veuilles savoir.

Elle resta sans bouger, sans parler.

— Ce n'était pas un accident.

Il lâcha ces mots comme une bombe.

— Comment ça ?

— La nuit où mes parents sont morts. Ce n'était pas un accident.

— Dans les journaux, ils disaient…

— Mes parents étaient très riches et leurs amis très puissants. Ils ont veillé à ce que le rapport de l'incendie ne mentionne pas tous les détails.

L'oreille contre son cœur, la main sur sa cicatrice comme pour la guérir, elle demanda :

— Si ce n'était pas un accident, que s'est-il passé ?

— Tu es sûre de vouloir savoir ?

— Seulement si tu as envie de me le dire.

Il poussa un long soupir. Elle se redressa pour le regarder dans les yeux.

— Ce n'est pas que je ne veuille pas te le dire, reprit-il après une pause. Mais ça fait partie de qui je suis. Ça ne me dérange pas que tu le saches, même si ça risque de tout changer.

Elle attendit en silence.

— C'était la veille de l'anniversaire de mon père. J'aurais dû rester à la maison. Ma mère m'a supplié de ne pas sortir. Mais à l'époque j'étais égoïste, sans but, frivole. Je faisais la fête tout le temps, je dépensais des dizaines de milliers de dollars chaque soir. Je buvais trop, j'accumulais les conquêtes. Je n'avais aucune responsabilité et me croyais invincible.

— J'ai du mal à t'imaginer ainsi.

— Je ne suis plus le même qu'à l'époque.

— Non, en effet.

Elle l'avait déjà remarqué.

— Je suis rentré au petit matin, ivre et affamé. J'ai voulu me préparer du bacon et j'ai allumé la gazinière avant de vider mes poches sur le comptoir à côté. Je suis monté prendre une douche et je me suis endormi. Ensuite, je me suis réveillé avec l'impression que la terre tremblait sous mes pieds.

Il parlait sans s'arrêter comme s'il fallait que les mots

sortent, qu'il aille jusqu'au bout maintenant qu'il avait commencé.

— L'explosion avait aussi réveillé Evie. J'ai dévalé l'escalier et découvert que tout le rez-de-chaussée était la proie des flammes. J'ai entendu ma mère crier et appeler à l'aide. Elle était toujours en vie. J'ai voulu aller la secourir mais il y avait Evie aussi. Elle pleurait en haut des marches, terrifiée. À ce moment-là, j'ai dû choisir. Je suis remonté la chercher et je l'ai fait sortir avant de revenir pour mes parents. J'étais encore soûl, Lucinda. Je n'avais pas les idées claires, je n'agissais que par instinct. J'ai couru dans les flammes, un T-shirt sur la bouche, et j'ai essayé de les rejoindre. Une poutre est tombée sur moi. Je me suis trouvé pris au piège, cerné par les flammes. J'ai réussi je ne sais comment à me dégager et j'ai continué vers leur chambre. Il y faisait une chaleur infernale et je n'ai pas pu entrer. Je le voulais pourtant. En te racontant ça, je me demande si c'était vraiment si horrible, si je n'aurais pas pu me forcer à les rejoindre. Mais ils étaient déjà morts. Je n'oublierai jamais la vue de ma mère allongée par terre, Lucinda. Tout ça parce que j'étais sorti me soûler, comme chaque soir de ma triste vie.

— Oh ! Thirio, dit-elle, en pleurs. Ça reste un accident.

— J'avais posé mon briquet tout près de la gazinière. J'ai quasiment créé une bombe. Oui, c'était un accident, mais c'est aussi entièrement ma faute. Ç'aurait pu être évité.

Une grande tristesse emplit le cœur de Lucinda.

— Et depuis tout ce temps, tu vis avec le poids de ta culpabilité ? Depuis tout ce temps, tu te reproches leur mort ?

— À qui d'autre la reprocher, sinon ?

Elle secoua la tête, plongea son regard dans le sien.

— Tu n'as pas causé cet incendie volontairement. Les accidents, ça arrive.

— Si j'avais cassé un vase ou même embouti la voiture, je verrais les choses comme toi. Mais j'ai tué mes parents.

J'ai privé Evie de son père et sa mère. J'ai détruit notre famille. Pendant des années, j'ai regretté de ne pas être mort aussi. C'est seulement pour Evie que j'ai continué ; je ne pouvais pas la laisser seule.

— Oh ! Thirio, ne dis pas cela. Tu as tant à offrir. Tes parents voudraient que tu vives ta vie.

Elle hésita, de crainte de tout gâcher, mais elle préféra l'aider plutôt que de préserver leur relation.

— Et pas de cette manière. Ils voudraient que tu aies une belle vie, bien remplie. Que tu trouves le bonheur. Tu ne peux pas continuer à stagner, il faut que tu avances. Surtout, tu ne mérites pas ce que tu t'infliges.

— Je mérite de rôtir en enfer, marmonna-t-il. Tu n'as pas idée de celui que j'étais à l'époque. Pourri gâté, imbu de moi-même…

— Et jeune, ajouta-t-elle tout bas. Tu étais un garçon d'à peine vingt ans alors.

— Peu importe. Rien de ce que tu diras ne changera ça. J'ai tué mes parents et je vivrai avec mon crime jusqu'à ma mort.

— Et tu resteras ici, loin du monde et de la vie, caché, malheureux, accablé de chagrin ?

— Quelle alternative proposes-tu ? Oublier la mort de mes parents, être un bon petit soldat et faire comme si de rien n'était ?

— Inutile de plaisanter, répliqua-t-elle d'un ton réprobateur. Je ne te dis pas d'ignorer ta peine. Mais tu dois trouver un moyen de vivre avec, de l'accepter comme une part de toi sans t'y noyer.

— Merci pour le conseil, répondit-il sans une once de gratitude. Mais ma façon de faire me convient.

— Est-ce que ça marche vraiment ? demanda-t-elle, songeuse. C'est pour cela que tu as fait serment d'abstinence ?

— Pourquoi devrais-je profiter de la vie et de ses plaisirs quand j'en ai privé mes parents ? Quand j'ai privé Evie de son père et de sa mère ? La solitude est un faible prix à payer compte tenu de ce que j'ai fait.

— Thirio, je suis navrée que tu ressentes ça. Tu ne pouvais pas savoir ce qui arriverait.

— Non, reconnut-il d'une voix sombre. Mais avec mon comportement, ce n'était qu'une question de temps.

Elle repensa aux photos de lui qu'elle avait vues sur Internet, au mode de vie qu'il menait avant.

— Tu n'auras pas été le seul jeune d'une vingtaine d'années qui aimait s'amuser et qui a fait une bêtise parce qu'il avait trop bu.

— J'ai tué mes parents, répéta-t-il, le regard hanté. Est-ce que tu te pardonnerais ?

— Écoute-moi, insista-t-elle en posant la main sur sa joue. Il le faut, pour une seule et bonne raison. C'est ce que tes parents souhaiteraient. Tu crois qu'ils voudraient que tu sacrifies ton existence en guise de compensation pour leur mort ? Bien sûr que non. Ils t'aimaient, j'en suis sûre, et ils préféreraient que tu vives pleinement. Que tu profites de chaque moment de bonheur pour eux. Que tu vives ta vie en leur honneur, pas comme un supplice.

— Ce sont de belles paroles, mais c'est ainsi que ce doit être. C'est la seule manière pour que je puisse me supporter.

Son chagrin et sa douleur étaient palpables, Lucinda en eut le cœur brisé.

— Tu voudrais me parler d'eux ? poursuivit-elle en se nichant contre son torse.

Elle savait maintenant que les marques sur sa peau ne reflétaient que peu les cicatrices qu'il portait dans son cœur.

— Que veux-tu savoir ? demanda-t-il après un long soupir.

— Tout ce que tu voudras bien me raconter, répondit-elle en passant le bras autour de son corps pour le serrer contre elle et le rassurer.

À mesure que le ciel rosissait, Thirio se livra. Il raconta son enfance, ses vacances, les voyages, les jeux. L'amour que sa mère avait pour les fêtes de Noël et la magie qu'elle insufflait à cette période. Les kilomètres courus en silence avec son père et les discussions à bout de souffle, leur course terminée. Il lui confia que son père l'avait toujours encouragé et croyait qu'il pouvait accomplir tout ce qu'il désirait, quand sa mère lui donnait le sentiment qu'il n'en faisait jamais assez. Il détestait sa manière de le harceler mais comprenait désormais la frustration qu'elle devait ressentir face aux choix de son fils, ses tentatives désespérées pour qu'il regagne le droit chemin.

— Après leur mort, Evie et moi avons hérité de tout, à parts égales. Mais comme Evie était encore mineure et devait attendre quatre ans pour accéder à ses parts dans les affaires familiales, c'est moi qui ai dû tout diriger. Je m'y suis voué corps et âme. Mon père était très impliqué dans son travail, et moi j'avais toujours négligé cet aspect de notre vie, je ne voulais rien savoir du monde de l'entreprise. Je me suis plongé dedans pour le comprendre et prendre la suite.

— En même temps que tu récupérais de tes propres blessures ? demanda-t-elle avec douceur tandis que le soleil perçait d'un rayon doré les arbres de la forêt.

— C'était l'occasion rêvée. Je suis resté coincé à l'hôpital pendant plus d'un mois.

Elle laissa échapper un hoquet de stupeur. Ses blessures avaient dû être très graves.

— À ma sortie, le travail est devenu ma vie. Ça l'est depuis.

Elle connaissait la suite grâce à ses recherches : Thirio Skartos avait fait fructifier la fortune familiale déjà considérable et l'avait triplée. Il se retrouvait régulièrement en tête des listes des hommes les plus riches de la planète. Il était également réputé pour sa conscience sociale. Ses investissements dans des infrastructures destinées aux pays en voie de développement, pour financer des écoles et des autoroutes. Quant à la fondation familiale, elle faisait don de milliards de dollars à la cause des réfugiés.

— Et les œuvres caritatives ?

— Je donne de l'argent, répondit-il sans conviction.

— Tu fais le bien, Thirio. Tu es bon.

Le silence les enveloppa. Elle bâilla, alors qu'elle n'était pas fatiguée. Son esprit était en ébullition.

— Je fais ce que je crois qu'ils auraient voulu que je fasse. J'essaie d'être celui qu'ils espéraient.

Son cœur se brisa pour lui. Il souffrait tant.

— Avec des « si », on referait le monde, Thirio, dit-elle en caressant son torse. Tu ne peux pas revenir en arrière et changer les choses.

— Je sais.

— Mais, tout ce que tu viens de me raconter, à propos de tes parents, voilà à quoi tu dois penser. Rappelle-toi combien ils t'aimaient, même lorsque vous n'étiez pas d'accord. Souviens-toi de ta mère qui voulait que tu te battes pour découvrir ton potentiel et de ton père qui te soutenait. Ils t'aimaient, Thirio. S'ils étaient là, ils te prendraient dans leurs bras et te diraient qu'ils te pardonnent. Qu'il faut que tu sois heureux. Pour eux, pour Evie, pour tous ceux qui tiennent à toi.

Sa voix se brisa. Ses paroles l'atteignaient au plus profond d'elle-même et prenaient un sens qu'elle se refusait à envisager. Leur relation était temporaire, et pourtant elle ne pouvait s'imaginer reprendre sa vie d'avant, sans lui.

C'était sans doute la compassion et l'empathie qui lui soufflaient ces sentiments. Dès qu'elle aurait regagné Londres, tout redeviendrait comme avant… Mais Lucinda n'était pas dupe. Tandis que le soleil baignait la vallée de doré, elle entendit le cri de son cœur et prit conscience qu'elle aimait Thirio Skartos.

Après la mort de ses parents, on l'avait incité à consulter des thérapeutes, à se confier à des psys. À parler. Il avait refusé. Raconter ce qu'il avait fait n'allait pas l'aider à aller mieux. Et il ne voulait pas aller mieux.

Avec Lucinda, c'était la première fois qu'il s'exprimait sur le sujet, et il ne le regrettait pas. Il trouvait normal de lui avouer sans détour qui il était, mais il ne méritait pas la façon dont elle le regardait : comme s'il était un héros. Il ne méritait ni admiration, ni respect de quiconque, encore moins de Lucinda, elle qui était si merveilleuse.

Il se réjouissait de son départ aujourd'hui, même s'il savait que ce serait un déchirement. En l'espace de quelques jours, il s'était habitué à sa présence et avait pris goût à ne plus être seul. Mais c'était destiné à n'être qu'éphémère. Il fallait revenir à la réalité.

Tout en allumant la machine à café, il contempla la forêt par la fenêtre. Ces sapins centenaires en avaient vu beaucoup : la mort, la destruction, la perte. Ils étaient les témoins des échecs de l'humanité, de ses réussites. Son chagrin était insignifiant pour la forêt.

Mais il comptait pour Thirio, comme sa culpabilité. D'un geste machinal, familier, il toucha sa cicatrice à travers sa chemise pour se rappeler pourquoi il renonçait aux plaisirs.

— Bonjour !

La voix douce de Lucinda le tira de ses pensées. Dès qu'il la vit, son corps réagit. Elle était si belle. Même les cheveux emmêlés, vêtue d'un T-shirt à lui bien trop grand, pieds nus dans sa cuisine. Mais ce n'était pas seulement le désir qui faisait battre son cœur, c'était l'expression dans son regard. Comme s'il était parfait. Même après ce qu'il lui avait confié. Ce qu'il avait fait. Il repoussa d'instinct sa bienveillance et son acceptation. Il ne les méritait pas.

— Café ? demanda-t-il d'un ton brusque en se retournant pour ne pas voir la peine dans ses yeux.

— Oui, merci, répondit-elle avec une pointe de déception.

Tant mieux. Elle devait comprendre qu'il n'était pas quelqu'un de bien.

— Quelle heure est-il ?

— 11 heures.

— 11 heures ! Pourquoi m'as-tu laissée dormir si tard ? Je dois partir bientôt.

Par lâcheté. Thirio ne pouvait pas passer plus de temps avec elle. C'était trop dangereux.

— Nous sommes restés éveillés toute la nuit. J'ai pensé que tu serais fatiguée.

— Je le suis. Mais tout de même…

— Tu es satisfaite du travail que tu as accompli ce week-end ?

Il remplit une tasse de café à la machine et se tourna pour la lui tendre. Elle le considérait, les lèvres serrées.

— Franchement ? J'ai envie de dire non pour que tu m'invites le week-end prochain.

Elle le sondait. Voulait-il plus ? Il ne pouvait pas l'induire en erreur, même s'il mourait d'envie de la revoir. Ce n'était pas juste pour elle. Elle méritait mieux que lui.

— Si tu dois encore organiser quelque chose depuis ici, tu peux revenir. Préviens Travis, il se chargera de tout.

Son ton professionnel eut l'effet escompté. Quelque chose dans le regard de la jeune femme changea.

— Si c'est à cause de cette nuit, Thirio, je t'en prie, ne t'en veux pas de m'avoir parlé. Je suis heureuse que tu te sois confié à moi. J'aime que tu aies partagé ça avec moi.

Lui aussi, et c'était bien le problème. Il ne voulait pas être heureux.

— Nous savons tous les deux que c'était l'histoire d'un week-end. Tu pars dans quelques heures. Que veux-tu que je te dise ?

Il s'en voulut sitôt qu'il eut prononcé ces mots. Il était allé trop loin. Il s'était montré trop froid, trop cassant. Il devait arranger ça. Mais comment ? Et pourquoi ? Il fallait qu'elle parte et l'oublie. Leur petite aventure sans conséquence devenait dangereuse, car il la connaissait désormais, sa douceur et sa vulnérabilité, et il ressentait le besoin de la protéger et de la rendre heureuse. Mais il en était incapable.

— Rien, répondit-elle en sirotant son café.

Alors qu'il la croyait sur le point de fondre en larmes, elle lui fit face, une expression déterminée au visage.

— J'ai préparé tout ce qu'il fallait.

— Tu n'as donc pas besoin de revenir ?

C'était ce qu'il souhaitait, alors pourquoi était-ce si douloureux ?

— Non. Je reviendrai pour le mariage. Si cela te convient ?

Il ne voulait pas qu'elle lui demande la permission ! Il voulait qu'elle se sente ici chez elle. Mais c'était trop dur.

— Bien sûr. C'était prévu quand je t'ai engagée.

Nouveau coup de poignard. Elle tressaillit et reposa la tasse de café sur la table avec trop de force, toutes ses émotions contenues au bord de l'explosion.

Il voulait s'excuser. Il était prêt à le faire, il sentait les mots se former dans sa bouche. Mais, pourquoi ? Il fallait qu'elle s'en aille. Une malédiction s'était abattue sur lui la nuit où ses parents étaient morts, et il ne pouvait pas l'infliger à Lucinda. Il ne pouvait pas la laisser s'approcher, tenir à lui, l'aimer. Jamais il ne supporterait de la blesser.

Il devait la laisser partir.

Et c'est ce qu'il fit. Il la regarda s'éloigner, alors que chaque fibre de son corps lui hurlait de la retenir.

13.

Même après la mort de ses parents, Thirio ne s'était pas apitoyé sur son sort. Empli de détermination, il s'était concentré sur les affaires, avait appris ce qu'il fallait, s'était isolé et avait renoncé à l'alcool. Pour pouvoir ressentir les remords et la culpabilité, et se haïr comme il le méritait. Il ne s'était pas plaint.

Mais c'était différent aujourd'hui. Il ressentait la présence de Lucinda partout dans le château. Elle était dans la chambre où ils avaient fait l'amour la première nuit, dans le bureau où flottait encore son parfum, sur la terrasse où il lui avait révélé l'obscurité de son cœur. Alors qu'il errait de pièce en pièce, en quête d'une trace d'elle, son regard fut attiré par un éclat entre deux lames de plancher. Il se pencha et un millier de souvenirs explosèrent dans sa tête.

Son monde avait changé depuis elle. Il avait essayé de lui résister, aussi longtemps que possible, mais au bout du compte il avait succombé, sachant très bien que ça se terminerait. Maintenant elle était partie et il devait vivre avec son absence.

Le mariage approchait et apportait une chance de la revoir. Il devrait être fort et se rappeler qu'il n'était pas bon de désirer ce qu'on ne pouvait pas avoir.

La nervosité lui nouait l'estomac. Après tout le travail acharné des deux dernières semaines, les appels, les confirmations, les nuits blanches, les crises de dernière minute, Lucinda avait la certitude que tout était prêt. Ce mariage serait spectaculaire et Evie vivrait un rêve éveillé.

Quant à Thirio, qu'éprouvait-il à l'idée de recevoir bientôt cent cinquante membres du gratin européen dans son refuge ?

Si elle avait su à l'époque ce qu'elle savait aujourd'hui, aurait-elle insisté pour mener son projet à bien ? Aurait-elle même suggéré l'idée ? S'il méritait de profiter de la tranquillité de son sanctuaire, il devait aussi affronter la réalité. Sa sœur savait-elle pourquoi il se coupait des autres ? Combien il était brisé par la mort de leurs parents ?

Tant de questions tournaient dans l'esprit de Lucinda ; elle savait pourtant qu'elle n'avait aucun droit d'en exiger les réponses.

Thirio avait été on ne peut plus clair.

La simple mention de son prénom provoqua un frisson dans son dos. Lucinda avait beau maîtriser l'art de dissimuler ses émotions, ce week-end serait une épreuve.

Alors que l'avion décollait, elle concentra ses idées sur l'acquisition de la société de son père, qui s'opérerait via une tierce partie. Elle ne voulait pas que sa belle-mère sache que c'était elle qui achetait tant que les contrats n'étaient pas signés. Malgré la grosse somme d'argent qu'elle proposait, Elodie était capable de refuser juste pour lui nuire.

Jusque-là, tout paraissait en ordre. Lucinda allait enfin obtenir tout ce pour quoi elle avait travaillé si dur. Elle aurait dû être au comble du bonheur. Pourtant, elle ne ressentait qu'un vide douloureux. Sans qu'elle s'en rende compte, ses priorités avaient changé et la société de son père n'était plus le rêve de sa vie…

Thirio avait eu l'intention d'installer Lucinda avec le reste du personnel venu aider au bon déroulement des opérations pendant le week-end. Plus de quatre-vingts employés rassemblés dans une aile du château transformée en dortoir, comme avant, lorsqu'ils venaient ici en famille et que ses parents organisaient de somptueuses réceptions pour les fêtes de fin d'année. Pourtant, à l'approche du mariage, il donna pour instruction qu'on l'installe dans la chambre qu'elle avait occupée la première nuit. Près de la sienne. Pour se prouver qu'il pourrait résister.

Il voulait aussi être auprès d'elle, la voir sourire, l'aider au besoin, même s'il n'était pas son chevalier en armure. Il voulait juste que ce week-end soit parfait pour Evie. Et pour Lucinda.

Elle refusa de voir comme un mauvais présage la perte de sa valise lors du vol. Elle préféra se dire que ce coup de malchance serait le seul et que tout le reste se déroulerait à merveille.

Lucinda descendit de voiture et s'avança vers la porte du château avec un calme travaillé. Si jamais Thirio l'observait, elle ne lui montrerait pas sa nervosité.

Elle fut accueillie à la porte par une gouvernante en robe noire et tablier blanc.

— Bonjour. Mademoiselle Villeneuve ?

— Oui, répondit Lucinda en lui tendant la main.

— Je m'appelle Vera, se présenta la femme, coiffée d'un chignon strict, en lui serrant la main. Suivez-moi. Avez-vous des bagages ?

Lucinda lui expliqua que sa valise avait été égarée, tout en découvrant avec plaisir que nombre de ses instructions avaient déjà été appliquées. Des fleurs aux couleurs vives s'épanouissaient partout ; les boutons roses et jaunes, l'emblème du royaume de Nalvanie, en tête. Les fleurs de lune et les feuilles de laurier pour représenter la Grèce. Des hortensias pour la chance et des pivoines pour la prospérité, du romarin pour le souvenir. Evie allait adorer.

Toute à sa contemplation, elle remarqua au dernier

moment que Vera la conduisait vers la chambre où elle avait dormi la première nuit.

— Il doit y avoir une erreur. Je suis censée loger avec le personnel.

— Il n'y a plus de place, expliqua Vera. M. Skartos a proposé cette chambre en remplacement.

Lucinda en resta bouche bée. Bien sûr, elle ne voulait pas faire la difficile, mais elle avait volontairement opté pour une chambre loin de Thirio afin de l'éviter au maximum. Quoi qu'ils aient partagé, elle avait compris qu'elle n'était plus qu'une employée.

— Il n'y a rien d'autre ailleurs ? insista-t-elle, par désespoir.

— Le château va être envahi d'invités. Toutes les chambres sont prises.

Résignée, Lucinda remercia Vera qui s'apprêta à partir.

— Pourrez-vous m'informer quand ma valise arrivera ?

Elle posa la question à l'instant où Thirio sortait de sa chambre, tête baissée, mains dans les poches.

— Lucinda, la salua-t-il, visiblement surpris de la voir, comme s'il avait oublié son arrivée précoce.

— Thirio, répondit-elle, troublée par sa voix rauque et profonde qui lui avait tant manqué.

— Ta valise a été égarée ?

Avec un bref sourire, Vera prit congé.

— Oui, par la compagnie aérienne, répondit Lucinda, avant d'ajouter : Je ne comptais pas dormir ici. L'aile du personnel m'aurait convenu.

— C'est plein de courants d'air.

Elle le considéra, tout en s'efforçant de ne pas se réjouir qu'il s'inquiète de son bien-être. Ils se tenaient comme deux inconnus l'un en face de l'autre. Sauf qu'elle le connaissait, intimement. Elle savait sa peine et sa douleur, elle savait ce qui lui plaisait et ce qui lui faisait peur. Surtout, elle l'aimait.

Et l'idée qu'il ne pourrait jamais l'aimer en retour lui déchirait le cœur.

— Excuse-moi, dit-elle avec résignation. Je vais me rafraîchir avant d'aller voir les traiteurs.

— Dîne avec moi ce soir.

Sa proposition, plutôt autoritaire du reste, la laissa sans voix.

— Je ne crois pas que ce soit une bonne idée, répondit-elle, tandis que son cœur voulait le contraire.

— Sans doute pas.

Il s'approcha, plongea son regard dans le sien.

— Mais dîne quand même avec moi.

La tête lui tournait, son cœur s'emballait, ses jambes se dérobaient sous elle.

— Thirio…

— Ce n'est qu'un dîner.

Il leva une main et caressa sa joue avec douceur.

— Vraiment ?

— Non, reconnut-il avec un sourire narquois.

— Qu'est-ce que c'est alors ? demanda-t-elle, surprise par sa propre effronterie.

— Une nuit de plus.

— Et après, quoi ?

— Après, tu repars.

— Pour toujours ?

Sa mâchoire se contracta. Il hocha la tête, très lentement.

— Il le faut.

— Pourquoi ?

— Tu connais la réponse à cette question.

En effet. Tout du moins, elle savait ce qu'il croyait. Mais il se trompait. Comment pourrait-elle le lui faire comprendre ?

Impossible, il la rejetterait. Encore.

Thirio deviendrait une personne de plus dans sa vie pour qui elle ne comptait pas. Quelqu'un d'autre qu'elle aimerait sans qu'il l'aime en retour. Elle ne le supporterait pas. À quoi bon se battre si la fin était écrite ?

Quelques moments volés seraient tout ce qu'elle pourrait espérer.

— Un dîner, accepta-t-elle au bout d'un moment.

Le soulagement de Thirio était visible. Tout comme son inquiétude. Ce n'était facile pour aucun des deux.

Thirio avait prévu d'éviter Lucinda mais, dès qu'il l'avait vue, ses bonnes résolutions s'étaient envolées et il s'était accroché à elle comme à une bouée de sauvetage. Il avait besoin d'elle.

Il l'attendait, nerveux, sur la terrasse où il avait fait dresser une seule table au milieu de guirlandes lumineuses et de fleurs, une douce musique en fond sonore. Un cadre parfait. Trop peut-être. Plein de promesses. Sauf que Thirio n'avait rien de plus à offrir à Lucinda.

Il se retourna en entendant son petit cri d'admiration lorsqu'elle découvrit ce décor enchanteur. Elle était si belle. Elle portait la même tenue que tout à l'heure mais ses cheveux détachés et ses pieds nus donnaient l'impression qu'elle était ici chez elle.

— Je t'en prie, dit-il en l'invitant à prendre place à table.

Sans un mot, elle se dirigea vers la table où, les mains tremblantes, elle leur versa à tous les deux un verre de vin.

— Tu m'as blessée, dit-elle en lui tendant son verre.

Thirio reçut ce constat simple comme un coup à l'estomac. Il n'avait pas besoin de lui demander de quoi elle parlait. Il le savait.

— J'ai été un peu abrupt, reconnut-il. Je ne pensais pas que les choses iraient aussi loin entre nous.

— Je sais.

— Je croyais que ce serait purement physique. Je pensais pouvoir coucher avec toi et passer ensuite à autre chose. Je n'imaginais pas que tu me plairais autant, Lucinda.

Elle tressaillit légèrement.

— Mais tu ne veux pas de moi ici ?

— Je ne veux pas que tu te soucies de moi. Je ne veux pas que tu nourrisses l'espoir de me changer ou de changer ce à quoi j'aspire dans la vie.

— À savoir rester seul.

— Oui.

Il la fixa avec intensité pour tenter de la convaincre, alors que lui-même était envahi par les doutes.

— Et si je voulais t'aider à aller mieux ?

— Je ne le mérite pas.

— D'après qui ?

— Tous ceux qui ont un peu de bon sens.

— C'est ta pénitence, c'est ça ?

Il but une gorgée de vin sans en apprécier la saveur.

— C'est ça.

— Et qu'en est-il d'Evie ? De ce qui est juste pour elle ? Juste pour moi ? Pour tous ceux qui tiennent à toi ? Ne méritons-nous pas un peu de considération ?

— J'ai été honnête avec toi dès le début.

— C'est faux, contre-attaqua-t-elle avec colère. Tu m'as dit que tu voulais être seul, mais tu t'accroches à moi chaque fois que nous sommes ensemble. Et tu ne m'as pas expliqué pourquoi tu luttes contre ce que nous partageons avant qu'il ne soit trop tard. Si tu l'avais fait, j'aurais su que ta décision était le résultat de ta peur.

— Tu ne comprends pas.

— Peut-être que non. Tout ce que je sais, c'est que tu nous empêches tous les deux de vivre quelque chose de formidable parce que tu es bloqué dans le passé.

— Ce n'est pas mon passé, grogna-t-il. C'est mon présent, mon avenir, mon cauchemar éveillé. Chaque fois que je regarde dans le miroir, je vois la preuve de mes actes. Tu me demandes d'oublier…

— Pas d'oublier. De te pardonner.

— Et je te réponds que je ne peux pas. Je ne pourrai jamais.

— Même pour moi ?

— Je ne mérite pas… C'est sans avenir.

Il secoua la tête.

— Dis-moi que tu ne me veux pas, murmura-t-elle.

Il tenta de former les mots, en vain.

— Je veux que tu m'oublies après le mariage. J'aurais dû être plus fort et mettre un terme à cette histoire avant qu'elle ne commence.

Le chagrin marquait les traits de Lucinda mais elle parvint à esquisser un sourire doux-amer.

— Je serai toujours reconnaissante que tu ne l'aies pas fait.

Elle se détourna, poussa un soupir.

— Mangeons, Thirio. Demain est un grand jour. Nous avons tous les deux besoin d'une bonne nuit de sommeil.

Les regrets s'abattirent sur lui comme une enclume. Il désirait des choses qu'il n'aurait jamais. Mais ça ne l'empêchait pas de les vouloir.

14.

Après la mort de son père, Lucinda avait beaucoup appris sur la théorie du cercle d'influence. Il y avait dans la vie des choses qu'elle pouvait contrôler, d'autres sur lesquelles elle pouvait influer, et c'était à ça qu'elle devait consacrer son énergie. Ce qui était au-delà de son cercle d'influence, elle devait l'accepter tel quel.

La météo et sa valise qui n'était toujours pas arrivée étaient hors de son contrôle.

Lorsqu'elle vit les nuages noirs à son réveil, elle décida donc de ne pas s'en inquiéter. Après tout, elle avait paré à toutes les éventualités et avait prévu une solution en cas d'orage. D'ailleurs, elle apercevait déjà dans le jardin le panier rempli de parapluies floqués des prénoms d'Evie et d'Erik ainsi que de la date de leur mariage ; un souvenir utile pour les invités.

Comme elle l'avait anticipé, la journée fut chargée. Lucinda s'employa à vérifier tous les détails auprès des différents prestataires, et malgré tout une partie de ses pensées étaient tournées vers Thirio, qui devait vivre un enfer à voir son refuge ainsi envahi. Pourquoi avait-il accepté ? Par amour pour sa sœur ? Par culpabilité ? Elle avait envie de courir vers lui pour le rassurer et l'embrasser jusqu'à ce qu'il se pardonne. La mort de ses parents était une malédiction à laquelle il n'échapperait jamais.

L'amour pouvait-il briser ce sort ?

Lucinda s'interrompit, réfléchit à cette idée. Et pourquoi

pas ? Elle devait lui révéler qu'elle l'aimait, c'était la seule solution pour alléger son propre fardeau.

À n'en pas douter, il la rejetterait, encore, mais elle voulait quand même qu'il sache ce qu'elle ressentait. Elle avait besoin qu'il se voie à travers ses yeux à elle. Elle savait tout de lui et l'aimait quand même. Il fallait qu'il sache qu'il valait la peine d'être aimé.

Absorbée par ses réflexions comme par son travail, elle sursauta lorsqu'un garde de Nalvanie l'interpella.

— Excusez-moi, mademoiselle. Miss Skartos vous demande.

Lucinda le suivit jusqu'à l'aile réservée à la famille, que Thirio ne lui avait pas montrée. Elle comprenait pourquoi. Des photographies de son enfance s'affichaient partout, des clichés de ses parents, de sa sœur. Les doutes qu'elle aurait pu avoir s'envolèrent ; elle l'aimait et elle devait le lui dire.

Lorsqu'elle entra dans la chambre, elle trouva Evie dans sa robe de mariée en soie blanche, son écharpe bleu pâle passée sur une épaule. Ses cheveux blonds étaient coiffés en chignon et un diadème trônait sur sa tête.

— Vous êtes magnifique.

— Merci, dit Evie avec un immense sourire. Je suis surexcitée.

— Ce qui est tout à fait normal pour une future mariée. Tout est sous contrôle. Puis-je vous apporter à boire ou à manger en attendant ?

— Non, je vous remercie. En fait, c'est moi qui ai quelque chose pour vous. Suivez-moi.

Elle la conduisit jusqu'à un portant chargé de robes somptueuses et lui présenta la dernière : une robe argentée aux bretelles larges, décolletée, avec un jupon qui tombait à la perfection. Des strass ornaient le bustier et étincelaient de mille feux.

— Elle est splendide.

— Je suis ravie qu'elle vous plaise. Je l'ai apportée pour vous.

Lucinda écarquilla les yeux.

— Pour moi ?

— J'ai cru comprendre que votre valise avait été égarée et je tiens absolument à ce que vous assistiez à la cérémonie. Vous devez profiter du fruit de votre travail.

— Je ne peux pas accepter.

— S'il vous plaît ! J'ignore pourquoi mais j'ai vraiment la sensation qu'il faut que vous veniez. Considérez que c'est un cadeau de mariage.

Lucinda dévisagea cette femme pour qui elle avait juré de déplacer des montagnes afin de lui offrir le mariage de ses rêves.

— C'est une robe magnifique.

— Elle appartenait à ma mère, expliqua Evie. Elle avait un goût indubitable. Sa garde-robe est incroyable.

— Je ne peux pas la porter, voyons, insista Lucinda.

— Bien sûr que si.

Lucinda s'approcha et caressa l'étoffe avec tendresse.

— Tous ces strass !

— Ce ne sont pas des strass.

Et en effet, de plus près, Lucinda vit qu'il s'agissait de vrais diamants.

— Je vous en prie, portez-la. Elle sera parfaite sur vous. Laissez-moi vous aider à vous préparer, j'ai besoin de passer le temps.

Comment lui dire non ? Lucinda enfila la robe et laissa Evie la coiffer d'une couronne de tresses avec le sentiment d'être une princesse. Si Evie était sa bonne fée, Thirio serait-il son prince charmant ? Il avait juré que non. Mais serait-il prêt à leur offrir une fin heureuse ?

À l'instar des autres hommes sous la tente, Thirio eut le souffle coupé en voyant Lucinda entrer avec grâce. Elle se glissa directement sur un siège vide, sans un regard autour d'elle. Sans un regard pour lui. Elle était éblouissante dans cette robe de soirée, comme sortie d'un rêve.

— Elle est magnifique, n'est-ce pas ?

Il accueillit sa sœur avec un pincement au cœur. Elle était si belle et ressemblait tant à leurs parents. Il passa un bras autour de ses épaules avec amour et tristesse à la fois.

— C'est toi qui es magnifique.

— Merci, dit-elle avant de s'écarter en battant des paupières. Tu vas me faire pleurer.

— Qu'est-ce que j'ai dit ?

— Rien. C'est ton air triste. Je t'aime, tu sais, Thirio.

Il lui pressa la main plutôt que de lui répondre la même chose. Les mots étaient coincés dans sa gorge.

— Tu es prête ?

— Je le suis depuis trois ans.

— Tu as rencontré Erik il y a trois ans.

— Et je sais que je veux l'épouser depuis, répondit-elle avec un sourire confiant.

La cérémonie fut longue et magnifique, les mariés mis à l'honneur. Thirio réussit à ne laisser dériver son regard vers Lucinda que deux fois. Elle fixait Evie avec un sourire admiratif aux lèvres, les yeux brillants.

— Tu veux bien danser avec moi ?

Lucinda se tourna vers Thirio, le cœur battant mais résolu.

— Bien sûr.

Il lui prit la main et l'entraîna sur la piste avant de la serrer contre lui. Lentement, ils se mirent à ondoyer au rythme de la musique.

— Tout s'est déroulé à merveille, dit-il au bout d'un moment.

— En effet, répondit-elle, flattée.

— Quand repars-tu ?

Son cœur se serra douloureusement.

— Demain.

Elle s'écarta légèrement pour observer sa réaction. Il lui sembla déceler une tension dans sa mâchoire.

— Et tu vas racheter ton entreprise ?

— C'est en cours.

Pourquoi cette idée la laissait-elle avec un sentiment de vide ?

— Tant mieux. Tu le mérites.

Elle méritait plus encore ! Elle méritait d'être aimée autant qu'elle aimait. Elle méritait ce qu'on lui avait refusé pendant des années. C'était Thirio qui lui avait fait comprendre que se cacher dans le travail n'était pas la solution et que l'amour était possible.

— Est-ce qu'on pourrait aller dans un endroit plus intime ? demanda-t-elle, une main sur son torse.

Sa réticence comme son envie étaient palpables. Il redoutait ce qu'il éprouvait.

— Suis-moi.

Il entrelaça ses doigts aux siens et la mena sur une terrasse déserte d'où ne leur provenaient que quelques bribes de musique.

— Ça te convient ?

— Oui.

Malgré sa nervosité et l'enjeu, elle se lança.

— Je repars demain, si c'est vraiment ce que tu veux. Et tu n'entendras plus jamais parler de moi. Il y a six ans, tu as fait le choix de vivre dans la solitude, de payer pour ce que tu considères comme ton crime. Mais je resterai si tu me le demandes.

Il la considéra sans un mot, ébahi.

— Je resterai et je vivrai ici avec toi. Je serai une partie de toi, comme tu es une partie de moi. Je t'aime.

— Ne dis pas ça, grogna-t-il en prenant son visage entre ses mains.

Elle s'attendait à ce qu'il la repousse mais sa réponse n'en était pas moins douloureuse.

— Je t'aime de tout mon cœur, insista-t-elle. Tu mérites cet amour. Tu en es digne. Et plus que tout, tu mérites d'être heureux. Je t'aime et je veux être auprès de toi. Et je veux être aimée par toi. Tu dois simplement t'ouvrir à cette possibilité, à cet avenir. Tu dois sortir de l'obscurité, Thirio.

— Ce n'est pas aussi facile. L'obscurité est en moi. Elle m'habite, je ne peux pas y échapper.

— Tu peux choisir le bonheur, répondit-elle avant de se hausser sur la pointe des pieds pour effleurer ses lèvres des siennes. Tu peux me choisir, moi.

— Non.

Elle ignora sa réponse.

— Tu ressentiras toujours cette douleur. Tu éprouveras toujours du chagrin, de la culpabilité et des regrets. Mais tu as droit à d'autres sentiments aussi. Tu peux vivre ta vie en hommage à tes parents, la vivre comme ils l'auraient souhaité pour toi.

— Non, répéta-t-il, par peur sans doute.

— Chaque fois que nous sommes proches, tu me repousses. Est-ce que ça marche ? Est-ce que tu m'as oubliée ?

Il la dévisagea sans répondre, la mâchoire serrée.

— C'est bien ce que je pensais.

Elle porta la main à son cou en quête de sa chaîne. Sauf qu'elle l'avait perdue plusieurs semaines auparavant. À la place, elle posa la main à plat, espérant calmer ses émotions.

— Où veux-tu en venir ?

— Il est inutile de lutter. Tu ne gagneras pas. Je t'aime et je suis sûre que tu m'aimes aussi. Tu vas être malheureux si tu me laisses partir.

— J'ai l'habitude, rétorqua-t-il avec une grimace.

— Tu vas encore te punir, alors ? Nous priver tous les deux de bonheur pour faire pénitence ?

— Je t'ai dit dès le début…

— Mais tout a changé depuis, non ?

Il la dévisagea de longues secondes avant de répondre.

— Certaines choses ont changé, d'autres non. Je ne peux pas aller à l'encontre de qui je suis.

— Ce n'est pas ce que je te demande.

— Si, cracha-t-il avec frustration. Tu ne comprends pas. Je ne veux pas être aimé. Je ne veux pas qu'on m'aime, qu'on me fasse confiance, qu'on croie en moi.

— Parce que tu penses ne pas le mériter ? Ou parce que tu redoutes de me faire du mal ?

— J'ai tué mes parents, Lucinda.

— C'était un accident, dit-elle avant de l'embrasser à nouveau. Un accident tragique et épouvantable certes, mais un accident quand même. Je ne peux pas te promettre que rien de mal n'arrivera jamais, je sais que la vie peut être cruelle et imprévisible, mais je veux quand même vivre chaque jour avec toi. Mon cœur t'appartient, et que je sois ici ou ailleurs, ça ne changera pas.

Elle poussa un soupir avant de poursuivre.

— Tu es en colère, je le sais. Tu en as le droit. Tu as tant perdu cette nuit-là, et tu as préféré la culpabilité au chagrin. Peut-être parce que c'est plus facile à contrôler, je ne sais pas. En réalité, tu ne te caches pas ici pour te punir, mais par lâcheté et par peur. Tu dois accepter ton chagrin. Tes parents te manqueront toujours, mais tu mérites de vivre ta vie.

Il la fixa, inébranlable. La tristesse envahit Lucinda.

— J'avais besoin que tu saches ce que je ressens. Avant de te rencontrer, moi aussi j'avais peur, Thirio, et je me cachais. Je me tenais à l'écart de toute relation de peur d'être blessée. Mais je ne veux plus vivre comme ça. Tu m'as montré qu'être proche d'une autre personne pouvait être beau. Et je veux ressentir ça tous les jours, même si ça me rend vulnérable. Même si m'éloigner de toi sera la chose la plus difficile que je ferai jamais.

— Bon sang, Lucinda, je n'ai pas voulu ça !

— Aucun de nous ne l'a voulu, et pourtant voilà où nous en sommes. La question maintenant, c'est de savoir ce que tu comptes faire.

Il réfléchit de longues secondes sans la quitter des yeux.

— Tu te trompes. J'ai fait mon deuil. Je me suis noyé dans le chagrin pendant longtemps, et c'est pour cela que j'ai pris une décision avec laquelle je peux vivre. J'ai fait le choix de sacrifier certains aspects de ma vie pour réparer ce que j'avais détruit.

— Mais en quoi ça l'a réparé ? rétorqua-t-elle au moment où un éclair zébrait le ciel nocturne.

— Je peux vivre avec ce que j'ai fait.

— En te détestant ?

— Oui.

— Tu mérites tellement plus, Thirio. Tes parents voudraient…

— Tu ne les connais pas.

— Je sais ce que tu m'en as dit. Je sais ce que j'ai vu sur les photos près de la chambre de ta sœur. Je connais Evie, et je sais qu'elle t'aime. Je sais que tu es un homme bon et bienveillant. Je sais que je t'aime.

Elle le fixa avec intensité.

— Je sais aussi combien tu es obstiné. Si c'est vraiment ce que tu veux, je partirai. Tu n'entendras plus jamais parler de moi, dit-elle autant pour elle que pour lui.

— Je suis désolé.

— Inutile de t'excuser, répondit-elle avec détermination. Je souffre mais je suis une meilleure personne grâce à ce que nous avons partagé. Tu m'as changée en bien, tu m'as amenée vers la lumière. Je regrette de ne pas avoir pu en faire autant pour toi. N'oublie jamais que je t'aime. Quand tu seras seul et malheureux ici, à ruminer le passé, rappelle-toi qu'il existe une personne qui a vu ce que tu hais tant chez toi et qui t'aime quand même de tout son cœur.

Elle tourna les talons et s'éloigna, la tête haute, réussissant à retenir ses larmes jusqu'à sa chambre où, seule, elle laissa libre cours à son chagrin.

15.

Il plut cette nuit-là. Toute la nuit.

Thirio observa la pluie qui tombait derrière la fenêtre de sa chambre en se forçant à se rappeler une autre nuit, claire et chaude celle-ci, où son arrogance et son égoïsme l'avaient poussé à se disputer avec sa mère et à claquer la porte de la maison.

Il se rappela l'odeur de la fumée et le goût de la cendre. Il se rappela le bruit de la mort et la certitude que c'était sa faute. Pourtant, à mesure que les gouttes s'écrasaient sur la vitre, et que son cœur s'alourdissait sous le poids des souvenirs, il éprouva autre chose.

Des doutes.

Il remettait en question ses choix, la voie qu'il s'était tracée, la sagesse de son mode de vie au nom de ses parents. Il dut reconnaître que Lucinda avait raison, jamais ils n'auraient souhaité ça pour lui. Ils auraient voulu qu'il se pardonne et avance.

Pour la première fois, il se demanda s'ils seraient fiers de ce qu'il était devenu. Son père louerait-il son travail ? Son implication dans les œuvres de charité ? Sa mère se réjouirait-elle de voir l'homme qu'elle avait toujours discerné en lui ? Ou lui reprocherait-elle de se tromper encore de chemin ? De repousser Lucinda ?

Il regrettait tout ce qu'il n'avait pas eu le courage de lui dire. Elle avait surmonté ses peurs pour lui avouer ses sentiments. Il lui devait la même chose.

Alors que la pluie continuait de tomber, il s'éloigna de la fenêtre avant de changer d'avis et partit la retrouver.

Sa chambre était vide. Il avait trop tardé, il l'avait repoussée une nouvelle fois et elle était partie.

La panique l'envahit. Le désespoir aussi. Il l'avait perdue, et cette fois ce n'était pas à cause d'une stupide erreur alcoolisée, mais par lâcheté.

— Thirio ? Tu vas bien ?

Sa voix douce et inquiète le tira de ses tourments.

— Lucinda. Tu es encore là.

Elle sortit de la salle de bains attenante en T-shirt et culotte. Soulagé et reconnaissant, il ne vit que son magnifique visage.

— Que croyais-tu ?

Cela lui paraissait absurde maintenant. Comment aurait-elle pu quitter le château au beau milieu de la nuit, en plein orage ?

— Que tu étais partie.

— Bientôt.

Il n'allait plus se voiler la face. Il devait affronter la vérité.

— Je ne veux pas que tu partes.

Ses paroles emplirent la chambre, résonnèrent entre eux.

— Je vois, fit-elle doucement. En fait, non, je ne vois pas. Que veux-tu dire exactement ?

— J'ai su dès que je t'ai vue que tu me mettrais en danger. Tu es différente, bienveillante, perspicace. Tu as du répondant et tu m'as défié dès que tu es arrivée ici. J'en avais besoin. J'avais besoin de toi.

Il n'arrivait toujours pas à se faire comprendre. Il plongea la main dans sa poche et en sortit le collier qu'il avait retrouvé.

Il s'avança vers elle et ouvrit la main pour lui révéler ce qu'elle contenait.

— Où l'as-tu trouvé ? s'écria-t-elle en caressant le petit diamant du bout des doigts, avant de poser sa main contre la sienne.

— Après ton départ, j'ai passé beaucoup de temps dans ta chambre. Pour sentir ta présence, être près de toi. Je l'ai repéré entre deux lames de plancher.

Il vint derrière elle pour lui passer la chaîne autour du cou.

— Il était à ma mère. C'est tout ce qu'il me reste d'elle. J'y tiens beaucoup.

— J'aurais dû te le rendre avant, reconnut-il. Mais je le gardais car c'était une partie de toi et, comme ça, je t'avais près de moi. Je savais que j'étais fou de toi mais je devais combattre ce sentiment.

Elle acquiesça lentement.

— Tu as tant perdu, et pourtant tu m'offres ton amour. Je ne peux pas te laisser partir sans te dire ce que je ressens.

Le silence les enveloppa, lourd d'attentes et de promesses, d'angoisse.

— Je t'ai dans la peau, *agape mou*. Mais je t'ai aussi dans mon cœur et dans mon âme. Tu es ma moitié, celle qui m'a manqué toute ma vie. Celle que je cherchais avant l'accident et qui me fait cruellement défaut depuis. Je ne croyais pas que j'étais brisé, au contraire, je pensais que ma décision de m'isoler me rendait fort. Mais je me trompais. Ce qu'il s'est passé m'a anéanti et te rencontrer m'a ramené à la vie. Tu m'as reconstruit. Je t'aime. Et cet amour m'a donné la force d'affronter le monde, malgré ce que j'ai fait. Tu avais raison en disant que je devais accepter mon chagrin. Je le ferai. Mais je préférerais le faire avec toi à mes côtés.

Elle était dos à lui et il sentit ses épaules trembler. Il la fit se retourner.

— Je t'aime, répéta-t-il, la vérité de son cœur visible dans ses yeux. Je suis à toi, Lucinda. Pour toujours. Jamais je ne te remercierai assez d'avoir eu le courage de m'avouer tes sentiments quand je ne te donnais aucune raison de le faire.

— Tu m'as donné toutes les raisons. Tu m'aimes, je le savais. Et j'espérais que tu le saurais aussi un jour. J'étais prête à t'attendre, Thirio.

— Inutile d'attendre, dit-il en posant le front contre le sien. Crois-tu que le prêtre serait disposé à célébrer un autre mariage aujourd'hui ?

— Malheureusement, non. Il y a des documents à remplir. Dans un mois, plutôt ?

Il la considéra avec étonnement.

— Tu veux vraiment… ?

— Ça dépend si ta demande est sérieuse, le coupa-t-elle en riant.

— Lucinda Villeneuve, je te veux de tout mon cœur et je souhaite passer le reste de ma vie avec toi. Je veux t'embrasser, te faire sourire, réaliser tous tes rêves. Je veux t'aimer comme tu le mérites jusqu'à la fin de notre vie. Tu es ma moitié. Veux-tu m'épouser ?

— Oui, sans hésiter.

Trois ans plus tard

— Tu es sûre de toi ? demanda Thirio avant de passer le document à Lucinda.

— À cent pour cent. Ça a été une aventure formidable mais j'ai atteint mon objectif. Et puis, impossible de refuser une telle somme, ajouta-t-elle en plaisantant.

En effet, Mme Thirio Skartos n'avait guère besoin d'argent. Pour cette raison, elle prévoyait de donner le produit de la vente de son entreprise – celle de son père qui, avec l'aide de Thirio, était devenue une société d'événementiel prospère et reconnue – à une association de soutien pour les familles en deuil.

— Mon affaire sera entre de bonnes mains. Et tout compte fait, c'est ce que j'ai toujours désiré. Je ne souhaitais pas particulièrement suivre les pas de mon père, je voulais juste que ma belle-mère ne détruise pas son héritage.

— Et tu y as magnifiquement réussi, la félicita-t-il avec admiration.

Et une certaine satisfaction que la belle-mère et les demi-sœurs aient disparu de la vie de Lucinda. Si elles avaient cru pouvoir profiter d'elle et de sa nouvelle famille pour dégoter des maris milliardaires, Thirio s'était chargé de les détromper. Il avait peut-être été trop loin en reprochant ouvertement sa cruauté envers sa belle-fille à Elodie, mais il était prêt à tout pour sa somptueuse épouse.

— Grâce à toi. Mais j'ai un autre projet désormais, et je crois que je vais devoir y consacrer davantage de temps et d'énergie qu'à rebâtir l'entreprise de mon père.

Il la considéra avec la certitude qu'elle réussirait là encore.

— Qu'est-ce que c'est ?

Elle le dévisagea, amusée.

— Enfin, Thirio, ne me dis pas que tu n'as rien remarqué ?

Devant son air interrogateur, elle prit sa main et la posa sur son ventre.

— Tu es sérieuse ? demanda-t-il, le cœur en joie.

— Tout à fait.

— Mais tu n'es pas malade. Evie…

— Chaque grossesse est différente.

— Depuis combien de temps le sais-tu ?

— Deux semaines seulement, dit-elle avec un sourire d'excuses. J'ai préféré attendre les trois mois pour être certaine. Et j'ai passé une échographie hier.

— Ton mystérieux rendez-vous ! Je comprends pourquoi tu étais aussi vague.

— Je voulais être sûre avant de t'en parler. Tout va bien. Dans six mois, nous aurons un adorable bébé. Est-ce que tu veux savoir ?

— Peu importe mais, oui, je veux savoir.

Elle s'approcha de lui et lui souffla la réponse à l'oreille. Un immense sourire aux lèvres, il contempla sa femme, avec le sentiment que le monde lui faisait un nouveau cadeau qu'il ne méritait pas. Sauf que Lucinda lui prouvait chaque jour que si, et Thirio commençait à y croire.

— J'espère qu'elle aura ta bonté, mon amour.

— Et ton cœur.

Un an plus tard, la petite Connie – en hommage à la mère de Thirio – dans les bras, ils se rendirent au « jardin du souvenir » qu'ils avaient créé dans le parc du château. Evie, Erik et leurs jumeaux les accompagnaient. La main sur son ventre rebondi, Evie pleurait à larmes silencieuses tandis qu'Erik la serrait dans ses bras. C'était un moment de grande émotion, mais nécessaire. Le souvenir de Constantina et d'Andreas Skartos entrait dans une nouvelle ère, plus lumineuse. Le chagrin habitait toujours le cœur de Thirio, mais il l'acceptait comme une part de lui.

La vie était courte. Imprévisible et précieuse. Il était résolu à profiter de chaque instant, comme il espérait que ses enfants le feraient.

Il déposa un baiser sur le front de sa femme avec un sourire. Il était à sa place.

Vous aimez les contes passionnés ?
Retrouvez en numérique :

1. *L'enfant d'un ténébreux milliardaire,* Heidi Rice
2. *Un fantasme pour patron,* Lucy King
3. *Baiser à un Grec,* Abby Green
4. *Le scandale de minuit,* Kate Hewitt
5. *La beauté des mers,* Chantelle Shaw
6. *La belle et le ténébreux,* Clare Connelly

Retrouvez prochainement,
dans votre collection

AZUR

**La vengeance d'un Espagnol,
de Pippa Roscoe - N°4631**

Emily n'a pas revu Javier Casas depuis qu'elle l'a quitté, six ans plus tôt. C'est donc un choc pour elle d'être appelée au chevet de son époux, blessé au cours d'un accident. Alors que les médecins le disent amnésique et demandent à Emily de prendre soin de lui, elle doute. Ou plutôt, elle *sait* que Javier, fidèle à lui-même, se souvient de tout et ne cherche qu'à la ramener chez lui pour lui rappeler les moments délicieux qu'ils ont partagés avant de se haïr…

**Une servante pour épouse,
de Jackie Ashenden - N°4632**

Prisonnière depuis l'enfance, Rose mène la vie difficile d'une servante. Jusqu'au jour où elle ose demander de l'aide à Ares Aristiades, qui séjourne dans le manoir de son geôlier. Malgré les balafres qui marquent son visage, l'homme d'affaires grec lui inspire confiance… et désir ! Une alchimie d'autant plus troublante qu'Ares la soumet à un pacte dangereux : il rendra sa liberté à Rose si elle l'épouse et lui donne un héritier…

Le play-boy des sables, de Maya Blake - N°4633

Un cauchemar. Pour Javid al-Jukrat, devenir le souverain de Riyaal est inconcevable. Et pourtant, en tant que prince suppléant, il n'a d'autre choix que d'endosser le rôle que le destin lui impose aujourd'hui. Pire encore, il doit renoncer à sa vie de play-boy notoire pour épouser l'innocente Anaïs, avec laquelle il n'a rien en commun. Du moins le croit-il, car dans la chambre à coucher leur mariage de convenance prend soudain une tournure délicieusement passionnée…

L'inconnu des Bahamas, de Cara Colter - N°4634

Depuis qu'elle a été abandonnée devant l'autel, Marlee déteste les mariages. Et ce n'est pas cette noce organisée à Coconut Bay qui la fera changer d'avis. Quoique… Arrivée sur l'île paradisiaque, elle est vite envoûtée par les plages de sable doré, les fleurs multicolores, les cocotiers à perte de vue… et le regard brûlant de Matteo, un inconnu rencontré sous les étoiles. Alors, Marlee s'autorise une liaison aux Bahamas, une parenthèse à savourer contre toute raison…

Mon irrésistible milliardaire, de Lucy King - N°4635

Nick Morgan, le meilleur ami de mon frère, me déteste depuis toujours. Et pourtant, c'est à lui et à ses talents de financier que j'ai décidé de faire appel, quand j'ai brusquement hérité une fortune colossale. C'est ainsi que je me retrouve sur Suza, son île privée au cœur de l'océan Indien. Mon séjour supposé professionnel prend immédiatement une tournure inattendue. Non seulement une tempête tropicale m'oblige à rester auprès de Nick davantage que je ne l'avais imaginé, mais surtout le désir qui nous rapproche est aussi irrépressible que la haine qui nous oppose…

Le jeu d'une princesse, de Jessica Gilmore - N°4636

Sœur cachée d'une princesse, Clem mène une vie tranquille en Cornouailles. Jusqu'au jour où sa chère Arrosa lui rend visite, afin de lui annoncer le mariage arrangé auquel elle consentira bientôt. Touchée par sa détresse, Clem lui propose d'échanger leurs vies durant l'été. Arrosa se reposera au village, tandis qu'elle prendra sa place au palais. Un jeu de rôle simple et innocent en apparence, du moins Clem le croit-elle. Car elle ne tarde pas à être démasquée par Akil, le sublime vicomte d'Ortiz, le promis de sa sœur…

Nuits volées avec un roi, de Sharon Kendrick - N°4637

Rosie n'est pas de sang royal, elle n'a même pas le sang bleu. Elle n'est ni riche ni célèbre. Et pourtant, elle a grandi en rêvant que Corso, le prince héritier du trône de Monterosso, voie en elle autre chose que la gentille fille d'un domestique. Or voilà que, devenus adultes, tous deux se retrouvent pour une tournée internationale. Entre Londres, Paris et New-York, Rosie succombe à une passion interdite entre les bras de l'homme qu'elle aime, tout en sachant que bientôt il devra choisir parmi l'élite sa reine…

Le fruit du hasard, d'Emmy Grayson - N°4638

SÉRIE : *LES FRÈRES CABRERA* - 2/3

Organisatrice d'événements ultra-efficace, Calandra ne laisse rien au hasard. Jusqu'à sa rencontre avec Alejandro Cabrera, directeur d'une compagnie maritime et grand séducteur. Cet homme insupportable a beau être son exact opposé, il l'attire dangereusement. Au point qu'elle perd la raison entre ses bras, au cours d'une nuit passionnée. Le réveil est brutal pour Calandra, hélas ! Bientôt, en effet, elle se découvre enceinte de son amant…

Les vœux de Nikolaï, de Lucy Monroe - N°4639

SÉRIE : *DÉCRET ROYAL* - 1/3

Lorsqu'elle n'était qu'une adolescente naïve, Lady Nataliya a signé un contrat stipulant qu'elle convolerait un jour avec le prince de Mirrus. Aujourd'hui pressée de se libérer de ce piège matrimonial, elle vend à un journal le récit scandaleux de ses cinquante rendez-vous amoureux ! Sa stratégie fonctionne à merveille : son promis, furieux d'être ridiculisé, rompt leurs vœux. Hélas, le frère de ce dernier – le roi Nikolaï en personne – exige de Nataliya qu'elle respecte l'accord originel en l'épousant à la place !

Tendre scandale, de Dani Collins - N°4640

SÉRIE : *QUATRE MARIAGES ET UN BÉBÉ* - 1/4

C'est une habitude chez Hunter : il s'attend toujours au pire. Pourtant, rien ne l'avait préparé au scandale qui s'abat sur lui le jour même de ses noces. Alors qu'il se trouve au côté de sa future épouse, une riche héritière qui devrait l'aider à établir sa respectabilité, voilà que le mariage est interrompu par une autre femme. La douce Amelia, avec laquelle il a passé une nuit enivrante un an plus tôt, a fait irruption dans l'assistance avec un bébé dans les bras ! Une petite fille qui ressemble étrangement à Hunter…

Un bébé venu de Grèce, de Melanie Milburne - N°4641

Lorsqu'elle se découvre enceinte, Emily est bouleversée. Et dire qu'il lui a suffi d'une seule nuit d'amour pour en arriver là… Hélas, si l'idée d'être mère l'emplit d'émotion, elle sait que la situation est loin d'être idyllique. Car le père de son enfant n'est autre que Loukas Kyprianos, un milliardaire grec qui ne lui a plus donné de nouvelles après leur folle étreinte. Comment réagira cet homme réfractaire à tout engagement, quand elle lui révélera qu'ils sont désormais liés à jamais ?

VOTRE COLLECTION PRÉFÉRÉE DIRECTEMENT CHEZ VOUS

Vous souhaitez découvrir nos collections ? Une fois votre 1er colis à prix mini reçu, si vous souhaitez continuer à recevoir nos livres, cela se fera automatiquement. Vous n'avez aucune obligation d'achat et cette offre est sans engagement de durée !

Dans votre 1er colis, 2 livres au prix d'un seul
+ en cadeau le 1er tome de la saga *La couronne de Santina*.
8 tomes sont à collectionner !

☛ COCHEZ la collection choisie et renvoyez cette page au
Service Lectrices Harlequin – CS 20008 – 59718 Lille Cedex 9 – France

Collections	Prix 1er colis	Réf.	Prix abonnement (frais de port compris)
❏ **AZUR**	4,75€	AZ1406	6 livres par mois 31,49€
❏ **BLANCHE**	7,40€	BL1603	3 livres par mois 25,15€
❏ **PASSIONS**	7,90€	PS0903	3 livres par mois 26,79€
❏ **BLACK ROSE**	8,00€	BR0013	3 livres par mois 27,09€
❏ **HARMONY***	5,99€	HA0513	3 livres par mois 20,76€
❏ **LES HISTORIQUES**	7,40€	LH2202	2 livres tous les deux mois 17,69€
❏ **SAGAS***	8,10€	SG2303	3 livres tous les 2 mois, 29,46€
❏ **VICTORIA**	7,90€	VI2115	5 livres tous les 2 mois 42,59€
❏ **GENTLEMEN***	7,50€	GT2022	2 livres tous les 2 mois 17,95€
❏ **NORA ROBERTS***	7,90€	NR2402	2 livres tous les 2 mois prix variable**
❏ **HORS-SÉRIE***	7,80€	HS2812	2 livres tous les 2 mois 18,65€

*livres réédités / **entre 18,75€ et 18,95€ suivant le prix des livres

F23PDFM

N° d'abonnée Harlequin (si vous en avez un) ____________

Mme ❏ Mlle ❏ Nom : ____________

Prénom : ____________ Adresse : ____________

____

Code Postal : ______ Ville : ____________

Pays : ____________ Tél. : ____________

E-mail : ____________

Date de naissance : ____________

Date limite : 31 décembre 2023. Vous recevrez votre colis environ 20 jours après réception de ce bon. Offre soumise à acceptation et réservée aux personnes majeures, résidant en France métropolitaine, dans la limite des stocks disponibles. Prix susceptibles de modification en cours d'année. Vous pouvez demander à accéder à vos données personnelles, à les rectifier ou à les effacer. Il vous suffit de nous écrire en nous indiquant vos nom, prénom et adresse à : Service Lectrices Harlequin CS 20008 59718 LILLE Cedex 9. Service Lectrices disponible du lundi au vendredi de 9h à 17h : 01 45 82 47 47.